KB137420

영미소설과 영화의 상호텍스트성 연구

영미소설과 영화의 상호텍스트성 연구

윤천기 • 강관수 지음

도서출판 동인

머리말

이 책은 몇 편의 영미소설과 그 영화 각색 사이의 상호텍스트성의 몇 가지 양상을 논한 것이다. 상호텍스트성의 문제는 복잡하고 광범위하지만, 소설과 영화 각색에 대한 상호텍스트적인 연구는 기본적으로 두 예술 영역이 상호 대립적인 관계나 상하 관계가 아니라 동일한 기호 체계 안에 있는 독자적인 요소임을 전제로 한다. 그 둘은 독자나 관객에게 동일한 일을 수행하며 '동등한 이웃'으로서의 문화적 지위를 가졌다고 믿기 때문이다.

이런 상호텍스트성의 연구로 인해서 소설과 그 영화 각색이 서로 다른 기호 체계로 이루어져서 상호 의사소통하는 것이 어렵다는 기존의 주장은 약화되었다. 또 이런 연구는 문학이 영화보다 우월하다는 편견을 불식시켰을 뿐만 아니라 소설과 영화가 서로 동등하게 상호 의사소통을 하는 독립적인 텍스트라는 생각을 갖게 했다. 물론 소설이나 영화는 각기 독특한 예술 형식을 가지고 있기 때문에 그 나름의 독자적인 방식을 통해서 오롯이 이해될 수 있다. 필자는 그와 같은 소설과 영화의 유동성과 상호텍스트성의 맥락에서 많은 영화 제작자들이 위대한 작가들의 소설 형식을 어떻게 해석하여 영화 형식으로 작품화하였는지를 이해하는 데 초점을 맞추려 노력했다.

필자는 1장, 2장, 3장에서 각각 폴란스키의 영화 『테스』와 토마스 하디의 소설 『더버빌 가문의 테스』, 마이클 윈터버텀의 영화 『주드』와 하디의 소설 『무명자 주드』, 그리고 하디의 주요 소설들과 그 영화 각색의 세계 등에 분석의 초점을 맞췄으며, 4장, 5장, 6장에서는 각각 제임스 케인의 소설 『우편배달부는 벨을 두 번 울린다』와 테이 가넷의 영화 『우편배달부는 벨을 두 번 울린다』, 앨런 르 메이의 소설 『수색자』와 존 포드 감독의 영화 『수색자』, 그리고 대실 해밋의 하드보일드 소설 『마른 남자』와 그 영화화 등에 분석의 초점을 잡았다.

이 책에서 상호텍스트성과 관련해서 다루고 있는 중요한 문제는 세 가지이다. 소설의 텍스트와 그 영화 각색 텍스트의 충실성의 문제, 소설의 재발견으로서의 영화화, 그리고 영화의 상상력과 소설의 시각적 상상력 등의 문제가 바로 그것이다. 사실, 소설가가 의식적으로 자신의 세계를 사유하는 방식의 표현물이 소설이라면, 영화 제작가가 의식적으로 자신의 세계를 사유하는 방식의 표현물은 바로 영화이다. 그러나 영화와 소설에서 소설가나 영화 제작가의 이런 특별한 예술적 색깔이나 미학 등의 표현은 간접적으로 전달될 수밖에 없다. 따라서 우리가 소설과 영화를 비평하는 목적 가운데 하나는 그와 같은 각각의 특유한 의식이 드러내는 세계를 상호 분석하여 고유한 빛깔과 아름다움을 밝히는 것이다. 따라서 이 책의 목적은 소설과 그 영화 각색으로서의 예술 작품이 빚어내는 서로 다른 의식의 세계와 상호텍스트적인 세계를 분석해 보고자 하는 것이다.

이 책의 여섯 장은 서로 관련을 맺고 있는데, 크게는 이러한 문제의 논의를 중심으로 구성이 되어 있다. 따라서 독자는 처음부터 각각의 장을 차례대로 읽어도 되고, 순서와 상관없이 각 장을 골라 따로 읽어도 괜찮을 것이다. 졸저가 독자에게 조그만 도움이라도 된다면 필자로서는 참으로 다행이겠다. 이 책에서 발견되는 오류는 전적으로 필자의 박학무식薄學無識의 탓이며, 독자 제현의 큰 가르침을 바랄 뿐이다.

중국 염성 사범대학에서 원고를 정리하면서 보낸 3주일은 내내 뜻깊은 나날이었다. 더없이 많은 환대와 호의를 베풀어 주신 대학 당국에 진심으로 감사를 드린다. 또 이 책을 펴내는 작업에 참여하여 친절하게 많은 도움을 주신 박하얀 선생에게 고마움을 전하고 싶다. 끝으로, 이 책을 흔쾌히 출판하여 주신 동인출판사의 이성모 사장님께 진심으로 감사를 드린다.

2015년 7월 20일

윤천기 · 강관수

차 례

1장

텍스트의 변환성/충실성의 문제

폴란스키의 영화 『테스』와 하디의 소설 『더버빌 가문의 테스』

I

문학 작품을 영화화 하는 것과 관련하여 반복적으로 제기되는 문제 중 하나가 바로 원전에 대한 각색의 충실성을 따지는 것이다. 각색 비평에 대한 관습적인 언어는 영화가 원작에 얼마나 해를 끼쳤느냐는 점을 강조하는 경향이 있다. 가령 '불충실', '배반', '개악', '기형화', '저속화', 그리고 '모독' 등과 같은 말들이 자주 활용되는 것도 그 때문이다. 불충실성이 상하 관계의 함축적인 인상을 준다면 배반은 윤리적인 불신을 나타낸다. 또 개악은 미학적인 혐오나 기형성의 정도를 드러내는 것이다. 또 저속화가 등급을 격하시키는 것을 상기하게 한다면 모독은 종교적인 모독은 물론이거니와 신에 대한 불경을 암시하는 것이다(Stam 3).

우리는 각색에 대한 긍정적인 수사학을 쉽게 상상할 수도 있지만 일반적인 수사학은 소설에서 영화로 옮겨가는 과정에서 얻어진 것을 도외시한 채 단지 상실된 것에 대한 아쉬움을 강조하는 경향이 있다. 물론 상실에 대한 향수적인 담론이 전개되는 것도 이 때문이다. 예를 들면 울프Virginia Woolf는 소설 속의 복잡한 뉘앙스를 띤 '사랑'의 개념이 단순히 '키스'로 축소되거나 '죽음'이 '영구차'로 표현되는 영화 각색들을 통렬하게 비난한 바 있다(Elliott 53). 이는 성스럽고 정전화된 텍스트와 세속화된 영화적 이미지와의 대조를 염두에 뒀기 때문이다. 따라서 울프가 영화 관객을, 인종주의 담론에서 빌려온 말로, 20세기 영화 스크린을 분별없이 '핥아먹는' '야만인'이라 부른 것도 놀라운 일은 아니다(Elliott 55). 이와 같은 기존의 각색 담론은 영화에 대한 문학의 우월성을 강조하는 경향이 있다.

문학이 영화보다 우월하다는 이러한 편견은 몇 가지로 요약될 수 있다. 가령 문학이 역사적으로 영화보다 오래되어 좋다는 역사성, 문학과 영화는 경쟁 관계라는 이분법적 사고, 그리고 '새겨진 이미지에 대한 우상 금지적 접근'이라는 편견을 우선 들 수 있다. 또 영화화된 텍스트의 구체성에 대한 혐오, '책의 종교성', 영화는 쉽게 만들어지고 보기에 쉽다는 쉬움의 신화, 계급적 편견의식, 그리고 마지막으로 영화는 문학에 기생하는 예술 형식이라는 인식 등을 그 대표적인 편견의 예로 들 수 있다.

물론 이와 관련해서, 소설과 영화 각색의 연구는 다양한 차원에서 전개되었지만, 그 이론들의 공통적인 핵심은 기본적으로 낱말과 시각적 이미지 사이의 대립 관계를 지지한다는 점이다.[1)]

그러나 구조주의자 기호학은 낱말과 영화적 이미지가 본질적으로 반대 입장에 있다는 믿음을 붕괴시켰다. 즉 구조주의 기호학은 모든 의미 있는 경험을 문학 텍스트만큼 주목할 만한 가치가 있는 '텍스트'를 생산해 내는 공유된 기호 체계로 보았다. 이는 문학과 영화와의 계층의 타파를 의미했다. 바흐찐Bakhtin의 대화주의dialogism에 뿌리를 두고 있는 크리스테바

Kristeva의 상호텍스트성과 제네트Genett의 트랜스텍스트성transtextuality 이론은 이전의 모델에 대한 나중의 텍스트의 충실성보다는 텍스트성의 끝없는 변환성/치환성을 강조했다.[2)]

이런 이론들은 소설의 영화 각색 연구에 큰 영향을 주었다. 즉 '대화주의' 개념과 '상호텍스트성', 그리고 '트랜스텍스트성'의 개념은 원작 소설에 대한 영화 각색의 '충실성'의 한계를 뛰어넘게 도와줄 뿐만 아니라 그것에 대한 매우 유용한 비평적 분석의 틀을 제공했다. 또 롤랑 바르뜨Roland Barthes의 도발적인 문학과 문학비평 간의 동등화하기는 영화 각색을 원작에 대한 종속이나 기생하는 차원의 것이 아니라 문학 비평의 한 형식이나 소설 '읽기'의 한 형식으로 보게 했다. 따라서 소설의 영화 각색은 바르뜨의 말을 적용하면 '아버지와 아들'의 관계나 '주인과 노예'의 관계라기보다는 밀접한 관련을 맺고 있는 상호 동등한 이웃 또는 협력자로서 자리매김될 수 있다.

따라서 이와 같은 맥락에서 토마스 하디의 소설 『더버빌 가문의 테스』(*Tess of the d'Urbervilles*)와 폴란스키Polanski의 영화 『테스』(*Tess*)를 살펴보는 것도 의미 있는 일이 될 것이다. 물론 이 글은 하디의 『더버빌 가문의 테스』에 나타난 다양한 시각들에 직면하여 폴란스키Polanski는 단지 몇 개의 내러티브 시각들만을 선택하거나 변형해서 각색했다는 점을 전제로 한다. 그렇게 함으로써 폴란스키의 『테스』는 하디의 『더버빌 가문의 테스』와 하디에 대한 가장 대중적이고 친숙한 해석을 불러일으키는 시각적 양식이 되었기 때문이다. 여기서는 좀 더 구체적으로 바르뜨의 이론을 차용한 맥파레인의 분석 틀을[3)] 통해서 어떻게 하디의 『더버빌 가문의 테스』의 '플롯 기능자'들이 폴란스키의 『테스』로 옮겨졌느냐, 즉 어떻게 각색되었는가를 살펴볼 것이다.[4)] 두말할 것도 없이 그런 크거나 작은 변환성/치환성의 궁극적인 의미를 밝히는 것이 이 장에서 다루는 핵심내용이기 때문이다.

II

폴란스키의 『테스』를 하디의 『더버빌 가문의 테스』와 관련시켜 연구한 대부분의 연구들은 하디의 소설 속에서 가장 기억에 남을 만한 시퀀스 가운데 몇 개가 폴란스키의 영화 속에서 상실되었거나 구현되지 않았다는 점에 초점을 맞췄다. 이런 연구의 결론은 대개 그와 같은 배제나 상실 때문에 영화가 빛이 바랬다는 것이다. 하디의 『더버빌 가문의 테스』의 영화화 과정에서 폴란스키가 이야기를 더욱 '사실적'으로 만들기 위해 하디의 비사실적인 요소들을 배제했다는 것이 일반적인 생각이지만 일부 비평가들은 이런 '사실주의'를 심각한 결점이라고 보았다. 가령 바이데마니스Gladys Veidemanis는 소설의 모든 미신, 우연의 일치, 그리고 암시성을 배제함으로써 소설의 전설적이고 신비적인 차원을 전달하는 데 실패했다는 이유로 영화 『테스』를 비난했다(Veidemanis 56). 또 다른 비평가들은 폴란스키의 『테스』는 '사실적인' 영화로 만들어지는 과정에서 하디의 『더버빌 가문의 테스』를 단순화했다거나 하디 소설의 진정한 정수를 제거해버렸다고 비난했다. 예를 들면, 코스탄조Costanzo와 해리스Harris가 공통적으로 소설 속의 붉은 색깔의 이미지 패턴을 빼어버렸다는 이유로 비난했다면(Costanzo 4, Harris 121-22), 왈드만Waldman은 엔젤이 테스에게 오십 파운드의 돈을 남겼다는 사실을 배제했다는 이유로 그랬다(Waldman 431). 피어즈Fierz는 테스가 겪는 비극적 요인은 아버지인 잭 더비필드의 음주벽과 가족으로서의 역할을 다하지 못한 문제에서 야기되었는데, 이를 배제했다는 이유로 폴란스키의 영화를 비난한 바 있다(Fierz 103).

그러나 이런 지적들은 폴란스키의 『테스』와 하디의 『더버빌 가문의 테스』와의 종속성이나 기생성을 전제로 할 때 적용될 수 있는 것이다. 더 구체적으로 말하면, 이런 지적들의 타당성은 문자 그대로 원전에 대한 각색의 충실성 차원에서 볼 때만 확보되는데, 정작 문제는 폴란스키의 『테스』는 하디의 『더버빌 가문의 테스』를 곧이곧대로 따르지 않았다는 점이다. 따라서 하디 텍스트에 대한 영화적 충실성만으로 영화 『테스』를 재단하는 것은 문제가 있다.

더 나아가 주요한 플롯 기능자의 명백한 배제나 생략은 테스 가족의 생계를 책임지다시피 했던 말, 프린스Prince의 죽음, 성서의 문구쓰기, 사생아인 소로우Sorrow에 대한 세례, 테스에 대한 엔젤Angel의 몽유병적 매장의식, 알렉Alec의 감리교로의 개정, 그리고 이어지는 개종의 번복, 윈톤체스터 감옥에서의 테스 처형, 이에 대한 엔젤과 리자 루Liza Lu의 목격 등의 장면에서 찾을 수 있다. 하디의 『더버빌 가문의 테스』 속의 이런 장면들은 멜로 드라마적이거나 선정주의적이라는 꼬리표가 달려 있지만 주제적 차원에서 중요한 내러티브의 요소이다. 그리고 더비필드 일가의 생계를 책임졌던 말, 프린스의 죽음 장면이 배제되고, 알렉이 복음주의자로서 변모하지 않은 채 옛 모습 그대로 되돌아 온 것 때문에 어딘지 거슬린 것도 사실이다.

그러나 그런 시퀀스들을 상실했다고 해서 영화가 실제로 격이 떨어지거나 저절로 '리얼리스트'의 텍스트로 탈바꿈되는가는 의문의 여지가 있다. 또한 독립된 예술창작자로서의 영화 제작가가 소설 속의 모든 것을 있는 그대로 시각적 이미지로 재현할 필요성도 없을 뿐만 아니라 이를 실행하는 것도 거의 불가능하다. 설령 그것이 가능하다해도 그런 각색은 '다시 데워진 음식처럼' 식상하고 무미건조할 것이다. 물론 폴란스키는 관객의 '자발적인 불신의 중지'에 커다란 지장을 초래할 만한 그런 위험한 장면을 창작하는 데 모험을 걸지 않았기 때문에 그런 장면들을 배제했을 것이다. 사실 소설에 비해 영화는 엄격할 만큼 사실적이다. 하디가 플롯을 전개할 때 활용했던 일련의 우연이나 우연의 일치, 그리고 사고 등의 모든 비개연적인 요소들을 폴란스키는 영화 속에서 제거했기 때문이다. 물론 이는 의도적인 그의 내러티브 전략의 일환이다. 실제로 폴란스키는 하디의 『더버빌 가문의 테스』에서 그가 파악한 핵심만을 영화에 담기 원했다(Ingham 235). 따라서 폴란스키의 『테스』는 하디의 『더버빌 가문의 테스』에 대한 '비평적인' 읽기가 되는 셈이다. 폴란스키가 하디의 『더버빌 가문의 테스』를 있는 그대로 극화한 것이 아니라 그 자신의 비평가적 렌즈를 통해 이해된 것을 영화 『테스』로 극화했기 때문이다.

맥파레인의 주요 분석적 개념은 분배적 기능자, 색인자, 기본적인 플롯 기능자, 그리고 촉매자로 구분된다. 물론 이들의 상호 작용을 면밀하게 분석하는 것이 미학적인 면이나 주제적인 면에서 중요하다. 하디의 『더버빌 가문의 테스』와 폴란스키의 『테스』와의 변별성이나 일치성은 이것들의 변환성/치환성의 여부에 달려있기 때문이다. 이와 같은 분석의 틀을 하디의 『더버빌 가문의 테스』의 중요한 시퀀스에 적용하면 우리는 유익한 결과를 얻을 수 있다. 가령 『더버빌 가문의 테스』 제4장에 나오는 프린스의 죽음은 내러티브의 '이음매' 역할을 하고 있다는 점에서 주요한 '플롯 기능자'이다. 다시 말하면 프린스의 죽음에서 유발되는 경제적 수입의 상실은 테스가 자신의 의지와는 무관하게 가짜 친척인 더버빌가에 경제적 도움을 청하러 가야하는 상황으로 내몰기 때문이다. 나중에 테스는 다시스로프스The Slopes에서 알렉을 만나는데, 이것은 테스가 알렉의 농장에 바로 고용된다는 점에서 또 다른 '주요한 플롯 기능자'이다. 하디의 『더버빌 가문의 테스』의 전체 내러티브는 그와 같은 위험한 순간들로 이뤄졌다.

따라서 그런 순간들에 대한 테스의 반응은 크게 보면 플롯이 전개되는 계기를 마련해 주는 셈이다. 프린스 죽음의 사건이 일어나기 이전에 테스가 자신의 동생인 아브라함에게 자신들이 "말라비틀어진 별"에 살고 있다고 말을 하는데, 이런 세상에 대한 자신의 말이나 새벽마차 위에서 깜박 졸음에 빠지는 사건도 프린스의 죽음이라는 주요한 플롯 기능자에 '촉매자'로서 작용을 하는 것들이다. 이런 촉매자로서의 사건이 바로 프린스의 죽음이라는 커다란 액션을 위한 무대를 마련하게 된다는 점에서 그렇다. 반면에 프린스의 몸에서 분수처럼 분출되는 붉은 피와 테스를 꾸짖는 우편배달부의 힐난 등과 같은 요소들은 모두 '색인자들'이다. 이런 색인자들이 커다란 본 액션에 세부적인 내용을 덧붙이고, 독자에게 앞으로 일어날 일을 어떻게 읽을 것인가를 미리 알게 해주기 때문이다.

영화의 각색은 모든 플롯 기능자를 재생산할 수 있지만 소설 속에서 중요한 역할을 담당하는 주요한 '플롯 기능자'가 영화 속에서 탈락되거나 변경된다면 비평적 비난과 대중적인 반감을 불러오기 십상이다. 따라서 소설의 원작에 충실하게 영화화하기를 원한다면 영화 제작자는 소설 속의 '주요한 플롯 기능자'를 영화에 보존해야만 한다. 프린스가 죽는 장면을 폴란스키가 생략한 사실을 고려하면 이는 설득력이 있다. 더 자세히 말하면, 폴란스키의 영화 『테스』 속에서 테스의 어머니 조안Joan은 더비필드의 '귀족' 조상에 대해서 알게 된 후에 테스로 하여금 더버빌 가문에 가서 '친척임'을 주장하도록 한다. 그런 다음에 그 영화는 슬로프스로 가는 도중에 마차를 타고 있는 테스 장면으로 편집된다. 여기서 하디의 기본적인 주요한 플롯 기능자는 유지된다. 그러나 말의 죽음이라는 소설 속의 주요한 '플롯 기능자'를 영화 속에서 제거함으로써 폴란스키는 테스가 더버빌 가문으로 가야하는 이유를 하디의 소설 속의 그것과는 완전히 다르게 바꾼다. 더 나아가 이 시퀀스를 제거함으로써 폴란스키는 하디가 원했던 것보다 딸에 대한 어머니 조안의 지각없는 행위에 대해 관객의 격렬한 비난과 고발을 유도해 낸다. 이런 예에서 보듯이, 폴란스키는 이 주요한 플롯 기능자를 생략함으로써 하디의 원작 이야기의 일부분을 의미심장하게 변경했다. 물론 주제적인 측면에서 테스의 주체적 결단성과 인간성의 강조보다는 외적인 힘에 따르는 수동성이 부각되는 문제를 안고 있는 것도 그 때문이다. 이런 사실에 초점을 둔다면 하디 원작에 대한 충실도가 떨어지는 결과를 초래했다는 주장은 타당하다.

하디의 소설들이 산문으로 '쓰인 바 그대로' '충실하게' 영화화되기는 어렵다. 이론상으로 불가능하기도 하지만, 그가 '다양한 시점'의 기법을 활용할 뿐만 아니라 다중의 목소리를 사용하기 때문이다. 엘리엇George Eliot, 오스틴Jane Austen 등과 같은 빅토리아조의 리얼리스트 작가들이 구축한 통일된 효과에 익숙해진 독자들에게 하디의 상호 모순적인 장르의 급진적인 혼용이나 내러티브 목소리의 구사는 당혹스러운 일이 아닐 수 없었을 것이다. 이런 점은 그의 주요한 소설에서 볼 수 있지만 특히 『더버빌 가문의 테스』에서 두드러지게 볼 수 있다. 거기에서 하디는 리얼리즘과 센세이셔널리즘, 비극, 멜로드라마, 계몽주의, 고딕풍적 요소들을 융합한다. 그의 이 소설은 전지적이며 동시에 모순적인 3인칭 내레이터로 진행된다. 이런 점들은 하디의 텍스트를 영화화하기가 어렵다는 점을 말해 주는 지표이기도 하다. 폴란스키의 영화 『테스』가 하디의 소설 『더버빌 가문의 테스』의 주요 플롯 기능자들과 촉매자들 가운데서 여러 개를 배경화하거나 심지어 배제한 것도 바로 이 때문일 것이다. 이런 점은 폴란스키의 영화가 원작 소설에 전적으로 충실하다고 볼 수 없는 또 다른 이유이다. 그러나 전체적으로 보면 하디의 『더버빌 가문의 테스』와 상당한 정도의 합치점을 보여주는 것이 사실이다.

하디의 소설 『더버빌 가문의 테스』와 폴란스키의 영화 『테스』와의 실제적인 수렴의 정도는 소설의 기본 뼈대를 구축하고 독자를 내러티브에 참여할 수 있게 해주는 하디의 플롯 기능자들과 촉매자들을 폴란스키가 어떻게 각색하는가에 달려 있다. 일례로 영화 속에서 가장 의미심장하게 생략된 것 중의 하나가 테스가 성서구절을 벽에 쓰며 돌아다니는 사람과 조우하는 장면이다. 이 시퀀스가 영화화되었다면 기존 독법의 타당성은 크게 강화되었을 것이다. 이와는 대조적으로 다른 의미심장한 생략 가운데 하나인 프린스의 죽음의 시퀀스는 복잡한 효과를 불러온다. 더 구체적으로 말하면 폴란스키는 테스의 아버지인 잭Jack이 트링엄 목사를 우연히 만나는 영화의 시작 이전부터 말 프린스는 이미 죽었고, 테스의 가족은 그 때문에 경제적으로 고통을 당한 것으로 설정한다. 폴란스키는 하디의 『더버빌 가문의 테스』 속에서 발생하는 사건들의 전개 순서를 뒤바꾼다. 그는 소설과는 다르게 영화 속에서 말 프린스의 죽음을 잭 더비필드가 자신의 조상의 근원을 알게 되는 사건 앞에 설정함으로써 새로운 의미를 이끌어낸다. 위도우슨Peter Widdowson은 폴란스키가 테스를 테스 시대의 역사적 맥락에서가 아니라 폴란스키 자신의 시대와 비극적 비전의 실존적인 여주인공으로 재현했다고 비난했다. 그가 영화 속에서 테스를 역사적 결정 요소에서 일탈시켰을 뿐만 아니라 테스 자신의 정서적인 공간에 주로 머물게 한다는 것이 그 주된 이유였다(Widdowson 131-33). 그런데 위도우슨이 지적한 이런 '실존적인' 관점은 바꿔 말하면 폴란스키가 하디의 『더버빌 가문의 테스』의 '현대적 읽기'를 영화로 재현했다는 말이 된다.

폴란스키는 하디의 『더버빌 가문의 테스』와 다르게 자신의 영화 『테스』에서 테스에게 발생한 일이 '운명'과 '유전' 때문이라는 개념을 제거했다. 이는 시퀀스의 생략과 순서 바꾸기를 통해서 가능했다. 하디의 『더버빌 가문의 테스』에서는 트링엄 목사를 통해서 잭이 귀족 가문으로서의 자신의 조상을 알게 되는 사건을 내러티브의 앞쪽에 배치함으로써 일종의 운명이 작용하고 있다는 효과를 낸다. 이후 소설 속에서 뒤따라 발생하는 모든 사건이 크게는 트링엄 목사가 잭의 귀족 조상에 대해서 이야기를 한 사건에서 비롯되기 때문이다. 더 구체적으로 살펴보면, 잭은 목사에게서 새로운 가문의 소식을 듣고 들떠서 과음을 하게 되고, 그로 인해서 새벽 시장에 가져가야할 벌통을 가져갈 수 없는 상황이 되고, 그 대신에 테스가 어쩔 수 없이 그 일을 대신하게 되고, 그 과정에서 우편마차와 부딪쳐 말 프린스가 죽게 되고, 그 자책감과 책임감으로 테스는 더버빌 가문에 친척임을 주장하기 위해서 가게 되고, 그 결과 체이스 숲에서 알렉과 치명적인 사건에 휘말리게 되기 때문이다.

그러나 폴란스키의 영화 『테스』는 더버빌 가문에 대한 새로운 정보를 주고받는 트링엄 목사와 잭의 조우 장면을 테스 집안이 직면하고 있는 급작스런 경제적 위기에 대한 해법으로 설정한다. 폴란스키가 창조한 조안Rosemary Martin 분은 『더버빌 가문의 테스』의 조안과 다르게 '운명통감'이라는 점자책의 도움을 받지 않고서도 즉각적으로 자신들이 더버빌 귀족 가문이라는 소식의 잠재적 가치를 즉각 알아차린다. 이렇게 본다면 테스가 더버빌 가문에 친척임을 주장하기 위해서 가는 것은 '운명'이나 '유전'적인 요인 때문이 아니라 경제적 필요성 때문이다.

영화 속에서 말 프린스가 죽는 장면을 배제하는 데 따른 결점으로는 관객이 테스가 자신과 가족에게 발생한 일에 끼친 개인적인 역할을 거의 찾을 수 없다는 점을 들 수 있다. 하디가 프린스의 죽음을 소설 플롯의 주요 기능자로 만든 것은 테스에게 주체성과 책임감을 부여하기 위한 것이었다. 자존심이 매우 강한 테스가 자신의 의지와는 다르게 마지못해 어머니 조안의 주장에 따라 가짜 친척인 더버빌 가문에 가는 이유는 말 프린스가 자신 때문에 죽었다고 믿고 있기 때문이다. 또 거기에서 유발되는 죄책감과 경제적 손실에 대한 책임감 역시 크게 작용을 했다. 그러나 폴란스키의 영화 『테스』에서는 이런 죄책감이나 책임감이 배제됨으로써 테스는 전적으로 자신이 통제할 수 없는 외부 환경 속에서 '나쁜 남자의 탐욕'의 대상이 되는 위치로 전락하는 단순한 희생자처럼 보이게 된다. 이런 점에서 그녀는 주체적이라기보다는 수동적인 인물이며, 그녀에게 발생하는 일을 단순하게 받아들이기만 하는 나약한 인물이다.

더 나아가 폴란스키의 『테스』의 영화적 변환성/치환성은 체이스 숲 장면을 통해서도 잘 볼 수 있다. 그 장면은 인위성에 감싸여 있다. 그 사건이 밤에 일어난 것이긴 해도 폴란스키는 낮이 밤처럼 보이게 하는 특수 필터를 사용하여 그 장면을 부자연스런 푸른색으로 변화하게 한다. 반면에 하디의 소설에서는 그 상황에 대한 자세한 묘사 없이 전지적 내레이터의 항변을 통해서 독자로 하여금 상황을 인식하도록 한다. 폴란스키는 안개의 시각적 이미지에 의지하여 모호한 상황을 인식하게 한다. 테스와 알렉의 성 행위에 대한 해석의 다양성은 거기에서 연유한다. 실제로 폴란스키 자신도 인터뷰에서 그 사건의 모호성과 관련하여 "절반 절반"(It's half and half.)이라고 밝힌 바 있다(*American Film* 64). 체이스 숲에서의 사건 이후에 테스와 알렉이 강에서 보트 놀이를 하는 몽타주 속의 장면은 로맨스 장르에서 쉽게 볼 수 있는 상투적인 표현 방식 중 하나이지만 이 역시 테스의 무표정한 태도 때문에 그녀와 알렉과의 관계의 본질은 모호하다. 물론 하디의 주요 내러티브 전략 중 하나인 의미 있는 장면의 과감한 생략의 테크닉을 폴란스키가 영화적으로 차용하고 있다는 점에서는 충실하다.

그러나 폴란스키는 하디의 『더버빌 가문의 테스』와 동일하게 체이스 숲의 사건을 내러티브상의 주요한 플롯 기능자로서 유지를 하지만 그 세부적인 색인자나 정보제공자를 변환함으로써 새로운 의미를 길어 올린다. 더 구체적으로 설명하면, 알렉이 테스에게 키스를 할 때 그녀는 그를 밀어 말에서 떨어뜨리며, 알렉은 나무 그루터기에 부딪쳐 머리에 상처를 입는다. 영화 속에 등장하는 첫 번째 직접적인 폭력 묘사는 바로 이것이다. 그리고 아이러니컬하게도 화면에 제일 먼저 직접 흘러나오는 피는 테스의 피가 아니라 알렉의 피이다. 이처럼 순서를 바꿈으로써 이 순간은 테스에 대한 알렉의 폭력을 정당화시키는 것으로서 읽힐 수도 있다.

하디의 『더버빌 가문의 테스』와는 다르게 폴란스키의 『테스』에서 배제된 또 다른 주요한 플롯 기능자가 있다면 그것은 바로 성서구절을 쓰는 사람과 테스와의 조우 시퀀스와 말 프린스의 죽음의 시퀀스이지만, 생략된 다른 시퀀스의 대부분은 사실 단순한 '촉매자'이거나 '정보제공자'에 지나지 않는 것들이다. 가령 엔젤의 몽유병적인 장면은 환상적인 면은 있으나 이를 생략해도 플롯을 전개하는 데 문제가 없을 것이다. 그래서 폴란스키는 이 장면을 테스가 자신의 과거를 엔젤Peter Firth 분에게 고백한 이후에 충격을 못 이겨 집 밖으로 걸어가는 장면으로 대신한다. 엔젤이 걸어가는 모습은 몽유병적 느낌을 주며, 그의 단조로운 말투는 그가 망연자실감에 빠져 있는 듯한 환각적인 느낌을 준다. 이와 다르게 알렉이 프린트 콤애쉬에 재등장하는 것은 하디의 소설 플롯에서는 매우 중요하다. 그는 복음주의자로서 나타나지만 곧 예전의 모습으로 되돌아간다. 폴란스키는 실제로 알렉으로 하여금 테스를 떠날 때 입었던 동일한 옷을 입고 등장하게 함으로써, 그리고 알렉이 자신의 진정한 사회적 계급으로 되돌아왔다는 점을 암시하는 행위를 전개함으로써 알렉에 대한 묘사와 그에 대한 해석을 복잡하게 만든다. 알렉이 마지막으로 등장하는 샌드본Sandbourne 호텔에서 그는 초기의 매혹적인 유혹자의 모습을 보여주기보다는 떠들기 좋아하는 상류계층의 남편처럼 등장한다. 이는 알렉이 그의 상업적인 조상들의 흔적을 규정하는 부르주아적 속물근성에로 복귀했음을 보여주는 측면도 없지 않다.

하디의 『더버빌 가문의 테스』와 다르게 폴란스키의 『테스』에서 생략된 또 다른 장면은 테스가 소로우에게 세례를 주는 장면이다. 폴란스키의 영화 『테스』는 이 세례 장면을 보여주지 않는다. 이는 관객에게 테스가 스스로 자신의 상황을 통제할 수 있는 강한 여성이 될 수 있는 자격을 박탈하는 것과 다름없다. 더 나아가서 이것은 테스가 남성적인 권위를 찬탈할 수 있을 만큼 강하게 보일 수 있는 기회 역시 부정하는 것이 아닐 수 없다. 그 대신에 폴란스키는 세례 장면을 영화화하지 않음으로써 실제로 하디적인 생략 기법을 보여준다. 관객은 테스가 성서 앞에 무릎을 꿇고 하나님께 자신의 자식에게 자비를 베풀어 살려 달라고 기도하는 모습을 본 이후에 목사관으로 편집되는 장면을 보게 된다. 거기에 이르러서야 관객은 비로소 세례와 소로우의 죽음에 관한 사실을 목사에게 전하는 테스의 말을 통해서 이를 알 수 있을 뿐이다. 하디가 자주 활용하는 내러티브의 전략 중 하나는 의미 있는 행위를 보여주지 않는 것이다. 대신에 그는 등장인물로 하여금 사건을 듣는 사람에게 말하게 한다. 세례 장면이라는 플롯 기능자를 생략함으로써 폴란스키는 그 행위의 중대한 시각적 의미를 관객에게서 박탈한다. 따라서 관객은 마치 묵묵히 듣기만 하는 영화 속의 목사처럼, 이 상황에 대한 정확한 반응을 보이는 데 한계를 가질 수밖에 없다.

하디의 소설과 폴란스키의 『테스』가 가장 대중적인 의견의 일치를 보이는 주제 가운데 하나는 진정한 종교 본래의 궤도에서 일탈한 인습적인 종교제도에 대한 공격이다. 그러나 하디는 교회가 행사하는 말의 권위에 관심이 있지 교회 그 자체의 권위에는 관심이 적다. 사실 하디는 클레어 목사를 통해서 종교가 실제로 긍정적인 힘이 될 수 있음을 보여준다. 폴란스키의 『테스』는 종교에 대한 하디의 부정적인 묘사를 되풀이하고 있지만 그의 공격은 실제로 그 폭이 훨씬 더 넓다. 폴란스키의 『테스』에 등장하는 클레어 목사David Markham 분는 매우 제한적인 역할을 하는 인물이다. 그에 대해서 관객이 알 수 있는 모든 것은 엔젤이 선택한 일을 좋아하지 않으며, 엔젤의 배우자로서는 '진실하게 기독교인'인 머시 챈트Arielle Dombasle 분가 되어야 한다고 주장하는 정도이다. 그는 기껏해야 딱딱한 종교적인 권위를 대표할 뿐이다. 이와 같은 맥락에서 말로트Marlott 교구 목사는 우스꽝스럽게 묘사된다. 가령 테스가 그에게 와서 소로우의 세례에 대해서 말을 할 때, 그는 검은 베일을 쓰고 챙이 넓은 모자를 쓴 양봉업자의 옷차림을 하고 있다. 이는 성직자의 제의적 의상에 대한 여성화된 패러디처럼 보인다. 엔젤과 테스의 결혼식 장면에서 카메라는 줄곧 불안하게 떨리는 목사의 손에 있는 성서에 초점을 맞춘다. 이는 불안정한 것은 말씀이 아니라 그 말씀을 떠받치고 있는 인간적 권위라는 점을 암시한다. 이런 장면 모두는 표면상으로는 편협한 교회와 종교에 대한 하디적인 비판을 따르고 있지만 이런 순간들은 사실 『로즈메리』(*Rosemary*)와 『해적』(*Pirates*)에서 잘 표현된 바와 같이 위선적인 종교를 풍자하는 폴란스키의 경향과 맞아 떨어지는 것이다.

폴란스키는 하디의 소설 테스에 나타난 노동자 계급의 열악한 조건에 대한 항거로서의 대중적인 관점을 그대로 옮겨놓고 있는 듯 보이지만, 그는 실제로 모든 계급이 동등하게 테스에게 일어난 일에 책임이 있다는 것을 제시하는 변증법적 논증을 이끌어 낸다. 알렉을 시종일관 귀족으로 묘사함과 동시에 스토크 가문이 부를 축적하는 방식을 경시함으로써 폴란스키는 관객으로 하여금 테스와 알렉의 관계를 맑시스트적인 관점으로 보게 한다. 더 구체적으로 말하면, 알렉은 귀족이고, 귀족은 프롤레타리아인 테스를 경제적이고 성적인 요구 충족의 대상으로 이용한다. 폴란스키는 알렉을 부르주아적인 존재로 그림으로써 테스의 비극과 중산계급의 가치관을 관련시킨다. 더 나아가 폴란스키는 엔젤이 테스를 거부하는 것과 맑시스트 신념을 연관시킨다. 역사성이 결여되었다고 비판을 받는 이 시퀀스에서 폴란스키의 카메라는 엔젤의 침대 곁에 놓여 있는 맑스의 『자본과 자본주의자 생산』(*Capital and Capitalist Production*)이라는 책에 초점을 맞춘다. 이것은 엔젤이 농부가 되고자 하는 욕망이 자신의 꿈이나 부친의 종교에 대한 일종의 항거로서가 아니라 자신의 정치적인 이데올로기에서 나온 것임을 암시하는 것일 수 있다. 엔젤이 테스를 거부할 때 그는 목사 가문에서 배운 퇴행적인 종교적 도덕에로 회귀한 것으로 볼 수도 있으나 폴란스키는 실제로 엔젤이 그 자신의 정치적 이념에로 회귀한 것임을 보여준다.

엔젤은 테스를 거부할 때 자신의 신념과 관련하여 선언적인 말들을 사용한다. 그의 말은 테스가 여성에 대한 자신의 낭만적 환상을 파괴한 데 따른 비난이라기보다는 계급사회에 잘 적응해 보려는 자신의 정치적 이상을 파괴한 데 따르는 비난으로 볼 수 있다. 폴란스키는 알렉을 중산계급/귀족계급과 연관시키고, 엔젤을 신흥 사회주의와 연관시킴으로써 테스를 지배하는 정치적이며 경제적인 힘에 대한 흥미로운 비판을 이끌어 냈다.

자본가/산업주의자 상류계급은 테스가 가난하고 여성이라는 이유로 경제적으로 성적으로 착취한다. 잉햄은 실제로 테스의 사회적 위치를 엄격한 계급사회인 힌두의 카스트 제도Caste와 관련해서 설명하기도 하는데, 테스는 가장 낮은 계급의 카리Kajri에 속하는 여성이며, 엔젤은 가장 높은 계급인 브라만 솔먼Brahmin Somen에 속하는 남성이다(Ingham 234). 물론 잉햄의 이런 지적은 하디의 『더버빌 가문의 테스』에 관한 것이지만 폴란스키의 『테스』에 관한 통찰의 일면을 보여주는 것이다. 그렇다고 잭 더비필드의 게으름, 음주벽, 잠재적인 폭력, 그리고 조안의 분별력 없는 계획과 관련하여 폴란스키가 테스의 집안과 사회적 상황을 전적으로 공감하게 다룬다고는 말하기 힘들다. 사실 테스의 더비필드 부모는 테스에게 일어난 일에 대하여 알렉과 엔젤만큼의 책임이 있다. 폴란스키는 하디가 그랬던 것처럼 테스의 운명을 과도하게 자의적으로 결정한다. 그러나 하디와의 차이점은 영화 『테스』에서 폴란스키가 테스가 겪는 비극의 원인을 전적으로 인간적인 차원에서 그리고 있다는 점이다. 따라서 하디의 『더버빌 가문의 테스』에서와 같은 "그렇게 되도록 되어있었다"(*Tess* 63)는 불가시적이고 불가해한 운명론적인 개념은 거기에 없다.

폴란스키의 『테스』는 하디의 테스와는 다르게 자연 풍경 등의 색인자 변환 등과 같은 미장센의 전략을 활용하여 새로운 의미를 관객에게 인상 깊게 심어준다. 폴란스키의 『테스』에는 슬로프스에 있는 알렉의 정원의 봄철 풍경이나, 얼음 섞인 진흙 속에서 순무를 캐는 테스와 마리언Carolyn Pickles 분의 이미지로 가장 강하게 표현된 겨울철의 음울함의 순간들이 있지만, 영화 속의 전반적인 자연은 중립적이고 수수한 편이다. 대부분의 야외 장면에서 하늘은 텅 빈 흰색으로 그려지고, 카메라는 자주 나무와 집이 거의 없는 평평하고 광대한 풍경을 자주 포착한다. 폴란스키의 영화 속에서 가장 지배적인 이미지가 있다면 그것은 길의 이미지이다. 폴란스키는 한결같이 길들을 화면에 포착하여 지평선 속으로 사라지게 함으로써 그 길이 어디로 이어질지 알 수 없다는 느낌을 준다. 이는 테스의 삶의 여정을 암시하는 장치이기도 하다. 폴란스키의 『테스』에서는 도시 생활의 장면이 거의 없다. 심지어 하디의 『더버빌 가문의 테스』에서 "대지의 딸"로서의 그녀의 자연성과 관련하여 강조된 마알로트Marlott도 폴란스키의 카메라는 먼 거리에서 잡을 뿐이고, 테스가 알렉에게 자신이 태어난 곳을 소개할 때도 '단지 저 너머'라고 말할 뿐이다. 하디의 『더버빌 가문의 테스』에서는 마알로트가 사람들을 모으는 장소로서의 매력을 지닌 곳, 테스 삶의 요람 혹은 '심장' 같은 곳으로 강조되지만 폴란스키의 영화에서는 그런 느낌이 거의 없다.

맥파레인에 따르면 소설의 내러티브 속에 있는 '촉매자'와 '색인자'는 영화로 옮겨질 수 있다. 그는 모든 말의 기호 시스템과 시각적/청각적 기호 체계들을 내러티브 색인자들이라는 항목 아래 범주화시켰다. 더 자세히 말하면 그것들은 작품이 지각되는 데에는 영향력을 끼치지만, '플롯 기능자'가 작용하는 데에는 영향력을 미치지 않는다(McFarlane 13-16). 생략적인 내러티브를 강조하거나 풍부한 사운드 트랙을 활용하는 것과 같은 테크닉이 바로 이런 범주에 속한다. 이와 같은 시청각적인 세부 사항들의 요소가 폴란스키의 『테스』에서 어떻게 작용하는가를 우리는 테스가 곤경을 이겨내고자 시댁을 방문하는 장면에서 알 수 있다. 더 구체적으로 말하면, 테스가 엔젤의 고향인 에민스터를 방문했을 때 거리에는 사람이 아무도 없다. 온 거리가 텅 빈 공간으로 다가온다. 마을 모퉁이를 맴도는 바람 소리만이 불길하게 귓전에 들려올 뿐이다. 침묵의 순간에 관객은 불안감을 느낀다. 과연 그 침묵은 이윽고 교회의 종소리로 깨지며, 마을 사람들이 떼를 지어 교회에서 쏟아져 나오지만 그들의 목소리는 거의 들리지 않는다. 이 장면에서 폴란스키는 영화 속 주인공이 마을로 들어오지만 발견하는 것이라곤 악당이 두려워 숨어 있는 마을 사람들 때문에 텅 빈 마을뿐이라는 서부 영화의 상투적인 표현방식을 차용한 것처럼 보인다. 실제로 폴란스키는 갑작스럽게 근엄한 사람들이 교회에서 쏟아져 나와서 카메라에 보이지 않게 뿔뿔이 흩어지고 다시 테스만이 홀로 화면에 남게 한다.

자신의 과거를 늘 자각하고 있는 테스가 시댁이 있는 에민스터로 들어가는 장면은 이처럼 영화 속에서 가장 섬뜩한 순간 가운데 하나이다. 이 장면은 시댁 마을에 거주하는 인간들의 부재를 강조함으로써, 또 사운드트랙에서 인간들의 목소리를 완전히 제거함으로써 그 섬뜩함의 효과를 극대화시킨다. 더 자세히 말하면, 폴란스키는 이미지상의 생략이나 내러티브상의 생략 기법만이 아니라 사운드 트랙상의 침묵의 공간을 만들어서 관객으로 하여금 그 의미를 채워 넣게 하는 전략적 테크닉을 사용하고 있다. 이런 의도적인 기법의 궁극적인 목적은 가난한 시골 여성인 동시에 알렉과의 과거가 있는 여성으로서의 테스가 엔젤과 같은 중산 계층이면서 보수적인 종교관으로 고착화된 사회로 들어가는 길이 얼마나 어려운지를 극화해서 보여주고자 하는 것이다. 심지어 테스는 먼 거리를 걸어서 여행해야만 하고 그 과정에서 도움을 받아야만 하는 상황에서도 '가장 기독교적인' 믿음의 소유자인 머시 찬트에게 자신의 편안한 신발마저 빼앗기고 돌아갈 수밖에 없다. 테스가 돌아가는 그 고통스러운 길은 사회와 종교, 그리고 가족과도 고립되어 있는 그녀의 삶의 길과 동일시 될 수 있다.

이렇게 본다면 폴란스키의 『테스』 초반부에 등장하는 오월제와 텔보데이즈 낙농장 등의 풍부하고 활기찬 소리들이 테스가 활력이 넘치는 세계에 있는 점을 강조한다면, 영화 후반부에 강조되는 침묵은 그런 풍요로운 세계에서 테스가 단절되어 있다는 점을 강조하기 위한 것이다. 사실 이런 침묵은 산업화되고 비인간화가 진행된 세계에서 횡횡하는 기계 소리에 묻히게 된다. 폴란스키의 『테스』는 종반부로 갈수록 각종 기계에서 나오는 소리가 화면을 지배한다. 가령 엔젤과 테스의 신혼 밤 장면에서 줄곧 들리는 커다란 시계 소리, 프린트 콤 애쉬의 탈곡 장면에서 들리는 거대한 붉은 탈곡기의 굉음, 그리고 샌드본 호텔에서 테스가 알렉을 살해했음직한 시간에 울리는 울타리 다듬기용 가위의 짤각거림, 호텔의 여주인이 천정을 통해서 스며 나오는 하트 모양의 피를 발견하고 내지른 비명, 이어서 편집되는 기차의 커다란 기적소리 등이 바로 그 예이다. 인간의 목소리와 자연의 각종 소리들로 가득 찬 사운드 트랙은 점차 비인간적인 기계소리와 산업화의 소리에 묻히게 된다. 이는 테스가 산업화로 대표되는 거대한 자본주의적 흐름에 무기력하게 희생을 당하는 것을 암시한다. 그렇다면 폴란스키가 부재의 의미를 창조하는 이미지를 전개하는 것과 사운드 트랙을 활용해서 성취한 것은 영화 『테스』의 엄격한 사실성인 셈이다.

더 나아가 테스를 윈톤체스터의 교수대로 몰고 간 것은 알렉과 엔젤의 남성적 욕망이다. 따라서 폴란스키가 그의 영화 『테스』에서 고발하고자 한 바는 바로 그런 욕망에 대한 고발이기도 하다. 이런 점은 이전에 만들어진 동명의 텔레비전 판 영화와 비교하면 확연하게 드러난다. 1924년 판 『테스』(Metro-Goldwyn-Mayor, USA)가 그 마지막 시퀀스를 원작 소설과 다르게 테스의 교수형 장면이 아니라 단순히 투옥되는 장면으로 처리한 것도 테스의 이런 점을 고려하고 반영했기 때문이다. 텔레비전 판 『테스』의 끝 장면이 역설적으로 테스를 유혹하고 저주했던 세상으로부터 안전하게 보호되어 여생을 감옥에서 보내는 것으로 처리된 반면에 폴란스키의 『테스』의 끝 장면은 '테스는 윈톤체스터에서 처형되었다'는 자막과 테스가 스톤헨지에서 체포되어 카메라로부터 멀어지는 장면의 오버랩으로 종결된다.

III

폴란스키의 『테스』는 20세기 후반 관객들의 관심을 끌려는 시도의 일환으로 하디의 전복적인 스타일을 경시하는 결정을 했다. 따라서 하디의 원래 독자들을 고민하게 만든 계급 간의 갈등, 이중적인 성적 기준, 운명, 산업화의 문제, 그리고 억압적인 성 역할 등을 집중적으로 조명하지 못하는 결과를 초래했다. 그러나 어느 시기에나 있기 마련인 그런 특정한 문제를 약화시킴으로써 실제로는 적절한 액션을 생산해 내는 성과를 거뒀다. 가령 폴란스키는 모호성을 배제하고 장르의 통일성을 획득했을 뿐만 아니라 내러티브의 목소리와 플롯에서의 불확정성을 배제함으로써 독자로 하여금 적절한 거리를 유지하게 했다.

그러나 비극의 특정성이 와해되어서 상실되는 면과 테스의 정서적인 충격이 불균형적으로 감소되는 측면도 없지 않다. 더 구체적으로 말하면 하디의 『더버빌 가문의 테스』는 알렉을 살해함으로써 남성들 때문에 잘못된 인생을 사는 여성들을 위해서 복수를 할 만큼 강한 여성이지만 폴란스키의 『테스』는 연약하고 수동적인 여성이다. 하디의 『더버빌 가문의 테스』와는 다르게 폴란스키의 『테스』는 알렉을 '정당하게' 살해하는 장면을 관객에게 보여주지 않음으로써 테스의 강인성을 전적으로 약화시킨다. 더 나아가서 폴란스키의 『테스』는 남성의 권위를 능가하는 위엄을 보여주는 세례 장면의 '플롯 기능자'를 제거함으로써 테스의 능동성을 박탈하는 결과를 가져왔다. 이와 동일한 맥락에서 폴란스키의 『테스』는 하디의 『더버빌 가문의 테스』의 부제목이 말해주는 '순결한 여성'으로서의 테스의 순결성과 '대지의 딸'로서의 자연성, 그리고 이러한 것을 넘어서는 신화적 여성으로서의 테스의 신비성과 위대성, 그리고 강인성을 약화시켰다.

그러나 크게 보면 하디의 『더버빌 가문의 테스』와 폴란스키의 『테스』는 서로 공명하고 있다. 폴란스키가 하디의 『더버빌 가문의 테스』의 '플롯 기능자' 가운데 일부를 생략했지만 그 자신이 쓴 영화 대본은 하디의 주요 플롯 기능자들의 대다수를 보존하고 있다는 점에서 거의 원작 소설에 수렴하고 있기 때문이다. 더욱이 폴란스키는 윈터버텀이나 슈레싱어John Schlesinger처럼 우리 모두가 알고 있는 '하디', 적어도 우리가 알고 있다고 생각하는 '하디'를 의식적으로 환기시키면서 영화를 '하디적'으로 만들려고 노력했다. 폴란스키는 테스의 본 고장인 정통적인 잉글랜드에서가 아니라 프랑스에서 영화화할 수밖에 없었지만 그는 여전히 하디의 '시간'과 하디가 알았음직한 세계에 충실하려고 애를 썼다. 영화의 시간대가 원작 소설과 동일한 1880년대에 설정된 것이나 주변 환경에 기차 등이 등장하는 것도 그 때문이다. 폴란스키의 『테스』는 시각적 이미지를 통해서 하디 소설과 근사치를 이루고 있을 뿐만 아니라 하디의 정신을 성취했다. 궁극적으로 하디나 폴란스키의 『테스』는 사실 남들의 과오 때문에 희생을 당한 순교자이며, 크게는 세상의 편견과 불평등, 불의와 편협함, 그리고 구조적 모순의 희생자이기 때문이다.

물론 소설과 그 영화적 각색을 연구할 때에는 '충실성'에 대한 '도덕적인 판단'의 차원을 뛰어넘어가는 것이 중요하다. 트랜스텍스트성의 맥락에서 소설을 영화로 각색을 할 경우에 원작 소설의 하이포텍스트hypotext는 복잡한 과정을 통해서 변형될 수밖에 없다. 더 자세히 말하면 선택, 확장,

구체화, 실제화, 비평, 부연, 재강조, 분화화, 대중화의 과정을 거칠 수밖에 없기 때문이다. 이러한 것들은 각색자의 권리이자 창조성이다. 충실성의 담론은 소설의 세팅, 플롯, 등장인물, 주제, 그리고 스타일의 영화적 재창조에 관한 중요한 문제를 제기한다. 우리가 어떤 각색이 원작에 '불충실하다'고 말할 때, 그 말의 폭력성은 그 영화 각색이 문학 원전의 기본적인 내러티브, 주제, 또는 미학적 특징으로서 우리가 파악한 것을 잡아내는 데 실패할 경우에 우리가 느끼는 강렬한 배반의 느낌을 표현하는 말임에 틀림없다. 이것은 이론상 믿을 수 없는 것이라 해도 경험상 진실성을 가지고 있는 것이다. 그러나 상호텍스트성을 감안하여, 각색의 성공여부를 충실성의 관습적인 개념에만 초점을 맞춰서 판단할 것이 아니라 다른 미디어와 그 표현상의 차이성을 고려하여 분석함으로써 창조적 에너지의 전달 여부, 특정한 대화적 반응, 원작 소설의 '읽기/다시쓰기'를 주목함으로써 판단할 필요가 있다.

Note

1) 가령, 밀러Hillis Miller가 그림의 의미나 문장의 의미는 어떤 수단으로도 번역될 수 없다고 말했다면(Miller 95), 푸코Michel Foucault는 '서술문'statement과 '시각성'visibilities을 순수하게 별개의 요소로 제시했다(Foucault 36). 1957년에 브루스톤George Bluestone은 『소설에서 영화로』(*Novels into Film*)에서 소설과 영화의 차이점을 밝혔다. 소설은 개념적이고, 언어학적이고, 추론적이며, 상징적이고, 정신적 이미저리를 불러내며, 시간적인 면들이 그 형식의 원리이다. 물론 그의 주장의 핵심은 영화와 소설은 각기 다른 독특하고 특별한 영역에 머물러야 한다는 것이다(Bluestone 218). 브루스톤의 주장을 따른 1970년대에 코헨Keith Cohen은 복잡한 서사론적 범주와 코드를 설정하여 문학과 영화를 연구했다. 그는 문학의 영화적 각

색을 '보는 낱말이 이미지로 변화되는 것'에 불과하다고 주장했다(Cohen 4). 1990년대 중반에 맥파레인Brian McFarlane은 소설은 선형적이며 개념적인 반면에, 영화는 공간적이며 지각적이라고 그 차이점을 밝혔다(McFarlane 26-28).

2) 트랜스텍스트성은 복잡하고 광범위하지만, 제네트에 따르면, 다섯 가지 개념으로 대별된다. 트랜스텍스트성의 첫 유형은 상호텍스트성intertextuality이다. 이는 두 텍스트의 효과적인 상호 존재를 말한다. 둘째, 부차적 텍스트성paratextuality은 문학 작품의 전체 속에서 본격 텍스트와 그것의 부차적인 텍스트paratext 사이의 관계를 말한다. 부차적 텍스트에는 제목, 서문, 후기, 헌사, 그리고 도표 등 모든 부수적인 메시지와 언급들이 포함된다. 셋째, 비평적 텍스트성metatextuality은 한 텍스트와 다른 텍스트 사이의 비평적 관계를 말한다. 이런 의미에서 각색은 원작 소설에 대한 읽기나 비평이 될 수 있다. 바흐찐이 말한 바와 같이 모든 시대는 그 시대 다름대로 과거의 작품들을 재 강조하기 때문이다. 넷째, 원텍스트성architextuality은 한 텍스트의 제목이나 소제목으로 제시되거나 거부된 일반적 분류를 의미한다. 가령 콘라드의 『어둠의 심장』(*Heart of Darkness*)이 『지옥의 묵시록』(*Apocalypse Now*)으로 된 것이 그 예이다. 다섯째, 초공간적 텍스트성hypertextuality은 제네트가 초공간 텍스트hypertext라 부른 한 텍스트와 그 이전의 텍스트나 원텍스트hypotext 사이의 관계를 말한다. 가령 버질의 『이니이드』(*The Aeneid*)의 원텍스트는 호머의 『오딧세이』(*The Odyssey*)와 『일리아드』(*The Iliad*)를 포함한다. 제임스 조이스의 『율리시즈』(*Ulysses*)의 원텍스트는 『오딧세이』(*The Odysses*)와 『햄릿』(*Hamlet*)을 포함한다. 이런 의미에서 영화적 각색들은 기존의 원텍스트에서 유도되어 나온 초공간적 텍스트hypertexts이다. 가령 『보바리 부인』(*Madame Bovary*)의 다양한 각색들은 동일한 원텍스트에서 유발되어 나온 다양한 초공간 텍스트적인hypertextual '읽기'로 볼 수 있다. 빅토리아 시대 소설들이 수차례 계속해서 각색될 때 초공간적 텍스트성 그 자체는 정전적인 위상을 가진 한 기호가 된다. 데리다Jacques Derrida의 논리로 '모작'들은 원작의 위상을 창조해 내는 것이다. 그래서 영화적 각색은 리사이클링과 치환의 과정 속에서 끊임없이 계속되는 상호텍스트적인 관련성과 변형의 수레바퀴에 있게 되는 셈이다.

3) 맥파레인의 각색 분석틀은 몇 가지 이유에서 소설과 영화의 상호텍스트성을 분석하는 데 매우 유용하다. 그것은 구체적이고 실제 적용이 가능하다. 우리가 소설의 플롯 기능자들을 구별해 내는 것은 손쉬운 일이며, 그것들이 영화 속에서 보존되고 있는지 여부를 판가름하는 것 역시 지루하긴 하지만 어려운 일은 아니다. 또 그런 분석은 두 매체의 독특한 특성들을 용인하는 한편 소설과 영화의 공유된 내러티브 공간을 인정한다. 즉 본질적으로 영화 제작자의 자유는 소설가의 플롯 기능자를 조정하며, 소설가의 색인자들을 대체할 영화적 색인자들을 발견하는 데 있다.

4) 맥파레인은 바르뜨의 '내러티브에 대한 구조적 분석 입문'에서 많은 영향을 받았다. 이런 영향 하에서 그가 내러티브들이 전적으로 분배적 기능자와 통합적 기능자라는 두 집단으로 이뤄진다는 바르뜨의 이론을 활용한 것도 이 때문이었다. 맥파레인이 주장하는 주요 분석틀은 다음과 같다.

분배적 기능자는 액션과 사건을 지칭한다. 그것들은 본질상 '수평적'이다. 그리고 그것들은 전체 텍스트를 관통하여 직선으로 함께 묶여 있다. 색인자들은 스토리의 의미에 필요한 다소 확산된 개념을 나타낸다. 이 개념에는 가령 등장인물과 관련된 심리적 정보, 그들의 정체성과 관련된 데이터, 분위기를 나타내는 주석과 장소의 설명 등이 포함된다. 색인자들은 본질상 수직적이며, 사방으로 널리 퍼지는 방식으로 독자의 내러티브 읽기에 영향을 미친다. 그것은 직선적인 방식이라기보다는 방사적인 방식으로 작용한다. 그것들은 존재의 기능성을 지칭한다.

내러티브 기능자들은 기본적인 플롯 기능자cardinal plot functions와 촉매자catalyzers로 세분화된다. 주요 기능자들은 내러티브의 이음매이다. 즉 그것들이 지칭하는 액션들은 이야기의 전개에 대한 결말의 대안들을 열어 놓는다. 그것들은 내러티브에서 위험한 순간들을 창조해 내며, 서사성에 매우 중요한 것이다. 주요한 기능자들은 다 함께 연결되어서 내러티브의 뼈대를 이룬다. 촉매자들은 주요한 기능자들을 지지하고 보완하는 방식으로 작용한다. 그것들은 또 사소한 액션들을 나타내기도 한다. 그것들의 역할은 특정한 리얼리티의 종류에 주요한 기능자들을 뿌리내리게 하는 것이며, 그런 기능자들의 직물을 더욱 풍요롭게 하는 것이다. 그것들은 내러티브의 순간순간의 세부적인 것들을 설명한다. 이와는 대조적으로 색인자들에는 신체적인 액션이 포함되지 않는다. 맥파레인이 설명하듯이 바르뜨는 이 기능자를 등장인물과 분위기를 독자에게 제공하는 진정한 색인자들과 등장인물의 이름, 나이, 직업 등 세부 사항을 독자에게 제공하는 '정보제공자'로 세분화한다. 색인자들은 그것들이 분위기, 어조, 등장인물, 그리고 그와 유사한 것들을 설정한다는 점에서 텍스트에 중요한 것들이다. 그것들은 어떻게 내러티브가 읽혀야 하는가를 지칭하는 점에서 중요하지만 그 자체로 내러티브를 진행시키지는 못하는 요소이다(McFarlane 13-14).

2장

소설의 재발견으로서의 영화화

윈터버텀의 영화 『주드』와 하디의 소설 『무명자 주드』

I

20세기 후반 디지털 기술은 소설이나 영화 등 표현 매체 간의 유동성을 폭넓게 열었다. “영화의 장면은 나의 원작 소설에 어떤 해도 끼치지 않을 것이며, 오히려 새로운 계층 사람들에게 소설을 광고하는 것이다”(Purdy & Millgate, IV, 142). 이는 하디Thomas Hardy가 자신의 소설의 영화 제작과 관련해서 한 말이다. 하디의 말처럼 영화적 경험을 하고서 소설 읽기를 하는 사람들이 늘어난 것은 그런 매체 간 상호 유동성의 영향이 크다.

실제로 하디와 포스터E. M. Forster, 그리고 오스틴Jane Austen 등의 소설에 대한 독자의 관심이 1980년대와 1990년대에 폭발적으로 증가했다. 영화 제작자는 거기에서 상업성을 발견했고, 동시에 예술적 호소력을 감지했다. 잉햄Patricia Ingham이 지적하듯이 1990년대의 이들 ‘영화의 홍수’는 영화 제작자들이 그런 차원에서 이들 소설을 '재발견'해서 영화화했기 때문이다(Ingham 223). 그들은 소설과 영화 사이의 자유로운 흐름을 인식했고, 그것들의 유동성과 상호 보완성이 역동적으로 작용함을 알았다. 그런 과정은 모작이 오히려 원작의 위상을 창조할 수 있다는 데리다J. Derrida적인 시각을 확인시켰다.

그와 같은 두 표현 매체 간의 자유로운 유동성은 상호텍스트성의 연구의 폭을 넓혔다. 물론 상호텍스트성의 문제는 복잡하고 광범위하지만, 소설과 영화 각색에 대한 상호텍스트적인 연구는 두 예술 영역을 상호 대립적인 관계나 상하 관계가 아니라 동일한 기호 체계 안에 있는 독자적인 요소로 인식했다. 그 둘은 독자나 관객에게 동일한 일을 수행하며 동등한 문화적 지위를 가졌다. 이런 연구는 소설과 영화가 서로 다른 기호 체계로 이루어져서 상호 의사소통하는 것이 어렵다는 기존의 주장을 약화시켰다.[1] 또 그것은 문학이 영화보다 우월하다는 편견을 불식시켰다. 상호텍스트적인 접근은 소설과 영화가 상호 의사소통을 하고 있는 텍스트라는 생각을 가능하게 했기 때문이다. 실제로 언어학에서 영향을 받은 메츠C. Metz의 기호학적 이론의 영향을 받은 코헨Keith Cohen은 "기호로서의 낱말은 독자에게 서로 다른 정신적 이미지를 도출해 내는 반면, 영화적 이미지는 모든 관객에게 동일한 정신적 이미지를 도출해 낸다"고 밝혔다(Cohen 88). 그는 낱말과 영화의 이미지가 독자나 관객에게 정신적 이미지를 공통적으로 환기시킨다는 점에서 그 두 영역의 유사성을 찾았다. 물론 영화와 소설의 상호텍스트성 연구는 바르뜨적인 논리적 극단에 이를 수도 있지만, 두 영역의 독자성을 강조한다는 점에서 그 타당성이 있다. 실제로 오르Christopher Orr는 바르뜨R. Barthes의 "저자의 죽음"에 영향을 받아서 소설과 그것의 영화 각색은 둘 다 동일한 "문화의 중심"에서 나온다고 보았다(Orr

72). 오르의 관점에서 보면, 원작 소설과 같은 문학적 원천은 영화 각색과 동일한 내러티브 관례의 일부를 공유하는 '원텍스트' 가운데 하나가 되는 셈이다(Orr 72). 원작은 항상 부분적으로는 이전의 다른 어떤 것의 모작이라는 데리다의 말이나 예술가의 말은 항상 타자의 말과 자신의 말을 섞는다는 바흐찐M. Bakhtin의 말도 그런 차원에서 이해될 수 있다.

그런 맥락에서 하디의 소설과 그에 대한 각색으로서의 윈터버텀의 영화를 살펴보는 것도 의미 있는 작업이다. 그 둘을 비교하는 작업은 지루하긴 해도 상호텍스트성의 연구 차원에서 그 나름대로의 의미가 있기 때문이다. 소설과 그 영화 각색의 상호텍스트성을 분석하는 방법 중 하나는 소설의 내러티브상의 '플롯 기능자'들을 구별해 내고, 그것들이 영화 속에서 보존되고 있는지의 여부를 판가름하는 것이다. 이와 더불어 소설의 플롯의 세부적인 '색인자들'을 대체하는 영화적 등가물로서의 미세한 시각적 색인자들을 발견해 내는 것이다. 이 연구 방법은 하디 소설과 그것의 영화 각색을 연구할 충분한 동기를 부여해 준다. 영화 제작자의 권한과 자유는 본질적으로 소설의 내러티브의 플롯 기능자와 색인자들을 조정하는 것이기 때문이다. 또한 영화 제작가가 하디의 소설을 영화로 각색할 때 그런 플롯 기능자와 색인자들을 어떻게 선택/조정을 하느냐의 문제는 궁극적으로 하디를 문화적으로 어떻게 읽느냐의 문제로 귀결될 수밖에 없기 때문이다.

하디의 『무명자 주드』(*Jude the Obscure*)는 빅토리아조 후기 영국에서 여성이 인식되는 방식에 대한 비판을 극화했다. 그러나 윈터버텀Michael Winterbottom의 『주드』(*Jude*)는 하디의 『무명자 주드』의 여성에 대한 비판적 시각을 곧이곧대로 따르지 않았다. 그는 물론 하디와 동일한 여성에 대한 문화적 가설을 통해 자신의 여성 인물을 창조했다. 그러나 그의 여성 인물은 하디의 여성과는 다른 독창적인 인물이다. 따라서 하디의 여성이나 윈터버텀의 여성은 독자나 관객에게 독자적이고 독립적인 여성으로서의 상호 동등한 문화적 위상을 갖는다. "텍스트란 수많은 문화의 중심에서 끌어온 인용어구로 만들어진 직물과 같은 것"이라는 바르뜨의 말이 사실이라면 (Barthes 146), 하디의 텍스트이든 윈터버텀의 텍스트이든 여성에 대한 그 문화적 중심은 동일할 것이기 때문이다.

이런 문화적 시각에서 보면, 새로운 문화적 생산물로서의 윈터버텀의 영화 각색은 이미지로 텍스트화된 인류 평등주의적 세계 속에서 또 다른 텍스트가 되는 셈이다. 물론 윈터버텀은 하디의 『무명자 주드』를 영화로 옮기는 과정에서 독창적인 주제적/미학적 선택을 했다. 그는 그 과정을 통해서 하디 소설의 내러티브를 시각적으로 치환/변환할 수밖에 없었다. 그러나 그것은 하디 이상의 것을 새롭고 더 생생하게 보여준다는 점에서, 원작에 대한 각색의 충실성 문제와는 별개로 독자적인 의미가 있다. 사실 소설의 텍스트를 영화로 각색한다는 것은 그 텍스트들을 영화의 상호텍스트적인 공간 속에서 어떻게 변환/치환하느냐의 문제와 직결될 수밖에 없다. 따라서 윈터버텀의 『주드』에 구현된 영화적 변환/치환의 결과는 윈터버텀의 창조적/비평적 시각과 동일시 될 수 있다. 그런 맥락에서 하디의 『무명자 주드』의 여성에 대한 문화적 이미지를 윈터버텀의 『주드』가 여성의 역할 바꾸기를 통해서 어떻게 새롭게 창조하고 있는가를 살펴볼 필요가 있다.

II

윈터버텀의 『주드』는 하디의 『무명자 주드』와는 매우 다르다. 그러나 슈레싱어Schlesinger의 『성난 군중으로부터 멀리』(*Far from the Madding Crowd*)와 폴란스키Polanski의 『테스』(*Tess*)와 마찬가지로 하디의 기본 정신에 충실하다. 실제로 윈터버텀은 자신의 『주드』가 하디의 "소설과 같이 시종일관된 비전과 비극적 궤적을 가지고 있다"고 밝혔다(Wilmington 7). 윈터버텀의 『주드』가 물론 하디의 『무명자 주드』의 문자 그대로의 충실한 버전은 아니다. 그러나 그것은 사실 하디에 대한 관객의 문화적 기대를 확인하는 『무명자 주드』의 친숙한 버전이다. 그의 『주드』는 하디의 『무명자 주드』와 마찬가지로 부조리한 사회에 대한 고발과 아웃사이더의 수용에 대한 열성적인 탄원, 그리고 황량한 삶의 묘사에 충실하기 때문이다. 이는 하디와 마찬가지로 윈터버텀이 사회적 아웃사이더나 삶의 부조리성에 고통을 당하는 사람들에게 많은 관심을 가졌음을 의미한다.

그러나 이런 충실한 수렴 정도에도 불구하고 하디의 『무명자 주드』와 비교해서 우리가 윈터버텀의 『주드』에서 눈여겨봐야 할 점은 여성 인물의 성격과 역할의 전복성이다. 기존의 많은 연구는 하디의 『무명자 주드』의 '주드/수Sue의 비극적 이야기'에 초점을 맞추고 아라벨러Arabella는 소설의 구성을 위해서 필요한 '기하학적 대조'의 보조 인물에 지나지 않는다고 보았다. 그리고 대부분의 비평가들은 아라벨러를, 하디의 내레이터의 판단을 따라서, "동물의 암컷 그 이상도 그 이하도 아닌" 인물로 평가했다(*Jude* 33). 후기 구조주의자이며 페미니스트 비평가인 가르슨Marjore Garson은 아라벨러를 '최후의 사악한 유혹녀'로서 소설의 '대조적인 구성상 한 축을 담당하는 여성'일 뿐이라고 보았다(Garson 159-60). 또 페미니스트 비평가인 모르건Rosemarie Morgan은 아라벨러를 긍정적으로 읽기는 하지만 여전히 수에 초점을 맞추고 읽어내는 과정에서 하디의 텍스트상의 보조 인물이라고 평가했다(Morgan 140-43). 이 평가는 주목할 만하지만 그래도 하디의 아라벨러는 여전히 수에 종속된 인물에 불과하다. 페미니스트 비평가들조차 아라벨러에 대해서 이같이 평가를 내리는데, 이는 타당성이 있다. 실제로 하디의 아라벨러는 잉햄이 지적한 바와 같이 '신 타락녀'New Fallen Woman의 속성이 강하기 때문이다(Ingham 147).

그러나 윈터버텀의 영화 『주드』는 아라벨러를 이런 한계를 넘어설 뿐만 아니라 관객의 공감을 자아내는 인간미 있는 점잖은 여성으로 바꿔 그린다. 이것은 하디의 아라벨러에 대한 전복적인 의미를 갖는다. 사실 윈터버텀의 아라벨러는 하디의 상대역과는 매우 다른 여성이다. 이런 차이점은 영화적 재현 과정을 통해서 확연히 드러난다. 윈터버텀의 『주드』는 하디의 『무명자 주드』의 내러티브의 이음매 역할을 하는 내러티브상의 '주요 플롯 기능자들'을 끊임없이 시각적으로 치환/변환한다. 그 과정은 플롯 기능자를 반복적으로 배제하거나 변형할 뿐만 아니라 축소하거나 확장하는 것이다. 물론 새로운 장면을 첨가하는 것도 그 과정에 포함된다.

그런 과정을 통해서 윈터버텀의 『주드』는 여성 인물의 성격과 역할 바꾸기에 성공한다. 가령 그의 『주드』는 주드가 비브리컬 대학으로부터 입학이 거절되는 장면을 생략했고, 주드 사후에 빌버트Vilbert와 아라벨러가 만나는 장면 등과 같은 주요한 플롯 기능자를 배제했다. 대학입학이 좌절되는 장면의 배제가 주드의 학문에 대한 열망을 약화시켰다면, 주드의 주검을 방치한 채 빌버트와 아라벨러가 만나 축제의 마당으로 가는 장면의 제거는 아라벨러의 무분별한 성적 욕망과 비윤리성으로부터 그녀를 자유롭게 했다. 또 윈터버텀의 『주드』는 하디의 『무명자 주드』와는 다르게 리틀 파더 타임Little Father Time의 이름을 주이Juey라고 변환함으로써 그의 역할의 추상성을 제거함과 동시에 아라벨러의 공감 어린 모성을 강조했다. 물론 아라벨러와 주드가 처음 만나는 장면에서 드러난 주드의 성적인 힘의 약화나 노동자들의 정치적인 모임의 장면을 생략한 것도 이와 동일한 변환적 과정으로 볼 수 있다.

더 나아가 윈터버텀의 『주드』는 주드가 자신의 탄생을 저주하며 죽는 장면을 생략함으로써 하디의 『무명자 주드』의 세계가 보여주는 세상의 불의와 부조리성, 그리고 삶의 혹독함을 약화시킨 것은 사실이다. 하지만 윈터버텀은 하디의 『무명자 주드』에는 없는 시퀀스를 창조함으로써 새로운 의미를 덧붙였다. 수의 고통스런 출산 장면과 수와 주드의 바닷가 유희 장면이 그것이다. 이러한 생략과 첨가를 통해서 윈터버텀은 자신의 『주드』를 창작했다. 그러나 그것의 가장 중요한 변화 중 하나는 앞서 언급한 바와 같이 아라벨러의 성격이 하디의 아라벨러와는 다르게, 확연히 바뀐 점이다. 즉 하디의 『무명자 주드』의 아라벨러는 거칠고, 교활하고, 음란하고 천한 열정의 소유자이다. 그러나 윈터버텀의 『주드』의 아라벨러는 성적 인물이긴 하지만 상냥한 시골 처녀, 주드를 사랑하는 여성, 그리고 주이에게는 자상한 모성을 보인 어머니이다. 심지어 주드가 곤경에 처했을 때 위로하는 인물은 수가 아니라 바로 아라벨러이다.

아라벨러나 수와 같은 하디의 여성 인물들은 남성을 지배하는 이미지를 독자에게 심어준다. 하디의 남성 주인공들은 '거의 병리학적 의기소침함' 때문에 고통을 받는 인물이다. 게라드Albert J. Guerard가 지적한 바와 같이 이런 무기력한 인물들은 "다른 남성들과 여성들이 정열적으로 사랑하거나 증오하는 장면에서 마치 몽유병자같이" 이리저리 휩쓸려 다닌 경향이 있다(Guerard 114-19). 물론 하디의 남성 인물들 중에서 '평균 이상의 활력'

을 지닌 인물이 있다면, 그것은 주드와 헨처드Henchard이다. 게라드의 이 지적은, 하디 소설의 영화화 작업이 주로 페미니스트 분석의 적절한 주제가 될 만한 여성 주인공들에게 초점을 맞춘 것에 비춰 보면, 그의 선구적인 통찰력을 보여준다.[2)]

아라벨러는 하디의 『무명자 주드』와 윈터버텀의 『주드』에서 각각 주드의 삶에 강력한 영향력을 행사하는 여성이다. 아라벨러는 하디의 『무명자 주드』에서보다 윈터버텀의 『주드』에서 더 많이 등장한다. 또한 내러티브에 필요한 하디의 주요한 플롯 기능자가 윈터버텀의 『주드』에서 본래대로 유지된다고 해도 그 장면의 세부적인 내용은 확연히 다르다. 이런 변화를 통해 우리는 아라벨러에 대한 윈터버텀의 시각을 읽을 수 있다. 즉 하디의 아라벨러가 성적인 이미지를 통한 동물적인 사랑의 이미지를 독자에게 강하게 암시했다면, 윈터버텀의 아라벨러는 통속적이긴 하지만 존재의 활력을 관객에게 더욱 강하게 부각시킨다.

이런 차이점은 하디의 『무명자 주드』에서 가장 기억에 남을 만한 에피소드를 통해서 구체적으로 잘 드러난다. 석공으로서의 주드는 일을 마치고 메리그린으로 돌아가는 길에 "크라이스트민스터가 나의 모교가 되고, 모교는 나를 기뻐할 것"이라는 미래에 대한 꿈을 꾼다(*Jude* 32). 이때 그의 얼굴을 '느닷없이' 때린 것은 아라벨러가 던진 거세 돼지의 차가운 생식기였다. 하디의 내레이터에 따르면, 아라벨러는 주드를 '무의식적으로 복종하게' 할 만큼 큰 영향력을 행사하는 여성이다(*Jude* 41). 사실 주드를 매혹시킨 것은 아라벨러의 압도적인 성적 매력이다. 이런 매력은 제7장에서도 잘 드러나듯이 주드로 하여금 "신약성서를 다시 읽기로 한 굳은 결심을 깨고 아라벨러를 만나러 나가게" 할 만큼 강하다(*Jude* 41). 또 달걀을 가지고 주드를 유혹하는 장면에서 아라벨러의 성적인 속성은 그 정점에 달한다.

심지어 하디의 아라벨러는 주드를 속여서 결혼한다. 그녀는 동물적인 성적 욕망을 가진 여성으로서 자신의 목적을 위해 속임수 사용도 불사하는 여성이다. 하디의 내레이터는 그런 아라벨러에 대해 이렇게 평가한다.

> 그녀는 둥글고 풍만하게 돌출된 젖가슴과 불룩한 입술과 완벽한 이 그리고 코친 종 암탉의 달걀과 같은 풍부한 안색을 하고 있었다. 그녀는 온전히 실제적으로 동물의 암컷 그 이상도 그 이하도 아니었다. (*Jude* 33)

그러나 1996년에 만들어진 윈터버텀의 『주드』는 이런 하디의 아라벨러와는 다른 여성의 성격을 창조했다. 하디의 『무명자 주드』와 동일한 이 에피소드의 장면에서, 윈터버텀의 주드가 그리스어를 읽으며 나무 아래 앉아 있을 때 뭔가가 그의 책에 갑자기 떨어진다. 윈터버텀의 카메라는 아라벨러가 책을 읽고 있는 주드에게 접근할 수 있는 길을 화면에 잠시 보여준다. 주드가 떨어진 물체를 들어 올리자 카메라는 이를 화면 가득 클로즈업 샷으로 잡는다. 그의 손에 들려진 것은 하디의 『무명자 주드』에 나오는 돼지의 거세 부위가 아니라 심장이다. 돼지의 생식기 일부가 심장으로 바뀐 것이다. 물론 어떤 식으로든 아라벨러가 주드에 대한 그녀의 욕망의 상징을 던졌다는 것은 틀림없지만, 그것을 던진 동기도 하디의 아라벨러의 그것과는 다르다. 하디의 아라벨러는 주드의 얼굴에 돼지 성기를 던졌지만 윈터버텀의 아라벨러는 돼지의 심장을 주드의 책에 던진다. 이는 하디의 아라벨러와 달리 사랑이 지성을 정복한다는 일종의 강한 선언과 같은 것이다. 그녀는 자신의 욕망에 충실하게도 주드와의 만남을 성공적으로 이끌어낸다. 그러나 윈터버텀의 아라벨러는 이후에 시냇가에서 돼지 내장을 씻고 있는 친구들과의 대화를 통해서도 자신의 행위에 대해서 하디의 아라벨러와는 다른 인식을 드러낸다.

> '뭔가 소득은 있니?'
> '아니, 아, 그에게 다른 것을 던졌더라면 좋았을 걸'

아라벨러의 말의 핵심은 주드에게 심장이 아니라 오히려 돼지의 다른 부분을 던졌어야 했다는 것이다. 그것은 자신의 행위에 대한 후회의 표현이다. 이는 명백하게 하디의 『무명자 주드』에 등장하는 아라벨러의 본래 이미지에 대한 강한 도발적 성격을 갖는다. 심장은 사랑의 상징이자 생명의 상징이다. 그렇다면 아라벨러는 주드에게 사랑과 생명의 의미를 부여했다는 말이 된다. 또 이런 점에서 아라벨러의 배역을 맡은 그리피스Rachel Griffiths는 매우 잘 캐스팅된 셈이다.

이처럼 윈터버텀은 하디의 『무명자 주드』의 내러티브상 주요한 플롯 기능자를 그대로 둔 채 그 세부 내용만을 변화시킴으로써 실제로는 주드에 대한 아라벨러의 감정을 영화의 상징으로 부각시킨다. 물론 윈터버텀의 『주드』의 첫 부분에서 아라벨러가 사랑의 육욕적인 면을 구체적으로 보여주기는 한다. 그녀는 돼지우리 주변에서 주드를 유혹하며, 결혼식 날 밤에 주드의 가슴을 물어뜯기도 한다. 이들의 성적인 결합은 하디의 『무명자 주드』에 나오는 아라벨러의 집 2층이 아니라 돼지우리 근처에서 발생하며, 이들의 에로틱한 소음도 돼지들의 소음과 뒤섞이는데, 이 역시 그 장면의 동물성을 강조하는 영화적 전략이다.

그러나 윈터버텀은 하디의 『주드』에서와는 다르게 주드를 옭아매서 결혼하려는 아라벨러에 대한 어떤 언급도 하지 않는다. 그 대신에 그는 곧 바로 결혼 피로연 장면을 보여줌으로써 아라벨러와 주드의 결혼의 자연스러움을 강조한다. 물론 관객은 아라벨러가 예상과는 다르게 임신의 징후를 보여주지 않는다는 드루실라의 이야기를 듣는다. 이를 통해서 관객은 아라벨러를 의심한다. 그러나 윈터버텀의 영화는 이런 정보를 관객들이 인식하자 이를 바로 의문시하게 만드는 내러티브의 전략을 사용한다. 따라서 관객은 아라벨러에 대한 공감을 철회할 기회를 갖지 못한다. 다시 말하면 주드가 화면 속에서 아라벨러의 작별 편지를 눈으로 읽을 때, 아라벨러의 목소리가 화면 밖에서 들려온다.

> "내가 당신을 속여서 결혼하게 했다고 생각하는 걸 알아요. 그러나 맹세코 내가 임신했다고 정말로 믿었어요. 나는 오스트레일리아에 가서 새 출발 할 거예요. 아마 이제 당신은 자유롭게 크라이스트민스터로 갈 수 있을 거예요, 가서 대학생이 되세요. 행운을 빌어요."

윈터버텀의 영화 『주드』는 아라벨러의 말처럼 집에서 책을 읽고 있는 주드의 장면에서 기차를 타고 있는 주드의 장면으로 빠르게 전환된다. 화면 밖에서 들려오는 아라벨러의 목소리가 끝나자 화면은 "크라이스트민스터에서"란 중간 소제목을 보여 준다. 관객은 자신의 행위의 정당성을 호소하며, 주드의 꿈을 인정하는 아라벨러를 보게 된다. 이런 점은 윈터버텀의 아라벨러에게 우호적인 빛을 던져줄 뿐만 아니라 새로운 의미를 부여할 가능성을 열어준다.

윈터버텀의 『주드』는 더 나아가 아라벨러가 술집에서 주드를 다시 만나는 장면이 사랑의 동기 부여가 전제되고 있음을 관객에게 강조한다. 하디의 『무명자 주드』의 아라벨러는 자신의 이기심 때문에 주드를 되찾으려하는 면이 강하다. 따라서 그녀의 그런 동기는 진정한 애정 차원이 아니라 전적으로 냉소적이고 풍자적이다. 그런 만큼 주드에 대한 그녀의 태도에도 따뜻하거나 사랑스러운 감정이 거의 없다. 이런 점이 윈터버텀의 아라벨러와 하디의 아라벨러 사이의 또 다른 차이점이다.

관객에 대한 아라벨러의 호소력은 주드의 유아적 속성과의 대조를 통해서도 강조된다. 아라벨러와 주드의 침실 장면은 이를 구체적으로 보여준다. 윈터버텀의 주드는 아라벨러와 잠자리를 같이 한 이후에 아라벨러의 젖가슴에 기대어 잠이 든다. 이 극적인 장면은 주목할 만하게 아라벨러의 모성을 부각시키는 반면에 상대적으로 주드의 유아적 성격을 강하게 부각시킨다. 사실 하디의 주드와는 다르게 윈터버텀의 주드는 시종일관 유아적인 모습으로 그려진다. 그는 하디의 주드가 감행한 자살행위와도 같은 최후 빗속 여행을 감행하지 않는다. 또 그는 임종 시에 하디의 주드가 고통스럽게 암송한 욥Job의 저주를 되울리는 행위도 하지 않는다. 아이러니컬하게도 이런 주드의 연약한 유아적 성격을 통해서도 아라벨러의 공감 어린 성격은 확연하게 드러난다. 이는 하디가 『무명자 주드』에 앞서 붙였던 최초의 제목 『순박한 사람들』(*The simpletons*)에 가까운 의미를 관객에게 상기시킨다. 여기서 눈여겨볼 만한 사실은 그런 상황에서 주드를 진정으로 위로하는 인물은 신여성으로서의 수가 아니라 모성적 여성으로서의 아라벨러라는 점이다.

이런 면은 주드에 대한 윈터버텀의 의도적인 미장센 전략을 통해서 잘 드러난다. 실제로 주드의 역할을 맡아 탁월한 연기를 보여준 이클레스톤은 윈터버텀의 지시에 따라서 이를 실연했다. 윈터버텀은 이 장면에서 관객들이 에로틱한 장면을 응시하고 있지만 오히려 성적 호소력의 부재를 인식하도록 하는 전략을 의도적으로 활용했다. 주드에 대한 반복적인 비공감적인 샷은 에로틱하기는커녕 굴욕적인 모습의 이미지를 관객에게 보여준다. 그런 양상은 너덜해진 속옷 입기나 태아적 자세로 침대에 누워 있기, 그리고 카메라를 향해서 거북하게 다가오는 주드의 뒷모습 등의 샷을 통해 강조된다. 물론 그런 의미를 전달하기 위해서 윈터버텀은 극단적인 카메라 앵글 효과도 병행해서 활용했다. 어린애처럼 무기력하게 울고 있는 이클레스톤을 포착한 반복적인 로 앵글 클로즈업 샷은 주드의 성적인 호소력의 부재를 보여줄 뿐만 아니라 오히려 그의 상처받기 쉬운 성격의 연약함을 부각시킨다(Mitchell 80-81). 윈터버텀의 카메라가 주로 엎어지거나 웅크리고 엎드린 주드의 신체를 자주 비추는 것도 이런 점을 강조하는 전략적 카메라 워크이다.

더 나아가 윈터버텀의 카메라는 불안하게 근접하여 주드의 모습에 초점을 맞춤으로써 주드의 남성성의 잠재적 에로티즘마저 부정한다. 특히 그런 면은 아라벨러가 수의 결혼으로 상처받고 삶에 대한 회한을 말하는 주드를 침실에서 어머니와 같이 위로하는 장면에서 두드러진다. 이 장면은 침실에서 누드 상태로 촬영되었지만 전혀 에로틱하지 않다. 카메라는 주드와 아라벨러에게 초점을 맞추고 서서히 접근하며 모태 속에 있는 것과 같은 주드의 태아적인 자세와 술에 취해서 찡그린 주드의 얼굴을 클로즈업 샷으로 잡는다. 이는 주드의 음주벽과 아라벨러의 성적 호소력에 대한 주드의 허약함을 강조한 것이긴 하지만 주드의 매력 없는 모습을 배경화함으로써 아라벨러의 모성적 성격을 관객에게 전경화하는 효과를 낸다. 윈터버텀의 『주드』는 의도적으로 주드를 비남성화시킬 뿐만 아니라 여성에게 의존할 수밖에 없고, 세상사를 제대로 분별할 수 없는 유아적 인물로 그린다. 그러나 아라벨러는 그런 남성으로서의 주드를 위로하는 모성적 여성으로 그린다. 이것이 윈터버텀의 『주드』의 아라벨러가 더욱 공감적인 인물로 만들어진 또 다른 이유이다.

또 윈터버텀의 『주드』는 니메이어Niemeyer가 밝혔듯이 자식에 대한 자상한 어머니로서의 모습을 통해서도 아라벨러의 명예회복을 강조한다(Niemeyer 180-81). 아라벨러는 자신의 아들을 주드 폴리Jude Fawley라 이름 짓고, 주이Juey라고 부른다. '아라벨러가 항상 주드를 미워했기 때문에' 아라벨러가 아이에게 주드란 이름을 붙이지 않았을 것이란 수 자신의 생각을 감안한다면, 이는 하디의 『무명자 주드』에서와는 다르게 주드에 대한 아라벨러의 태도를 전복적으로 보여주는 것이다. 물론 소설 속에서의 아이 이름은 리틀 파더 타임이다. 아라벨러가 소원한 관계 하에 있는 남편의 이름을 아이에게 붙인 것은 주드의 한 부분과 같은 모습을 보고자하는 그녀의 욕망의 표현으로 볼 수 있다.

윈터버텀의 아라벨러는 영화가 진행될수록 주드에 대한 헌신적인 모습을 보여준다. 더욱이 주이를 그의 아버지에 대한 풍자로 보기에는 윈터버텀의 영화가 너무 사실적이다. 주이의 존재를 알리는 화면 밖에서 들려오는 아라벨러의 목소리를 통해서 아라벨러는 자신과 자신의 부모들이 주이를 돌볼 여유가 없다는 단순한 이유 때문에 그의 양육권을 포기한다고 설명한다. 영화 후반부의 장터 장면에서 볼 수 있듯이, 아라벨러는 주이를 맹목적으로 사랑하는 모성을 보여준다. 주이와 애들의 죽음에 이은 장례식에서 아라벨러는 "내가 손수 그 애를 돌봤어야 했어요"라고 주드에게 말하며, 깊은 회한과 슬픔에 겨운 모습을 보여준다. 또 "내가 당신에게 돌아왔더라면 이런 일은 결코 일어나지 않았을 거예요!"라고 주드에게 말한다. 그 사건과 관련해서 "주드, 당신 잘못이 아니에요"라고 말하며 주드를 위로하는 이도 아라벨러이다.

이 사건과 관련하여 수의 역할과의 대조를 통해서도 아라벨러의 모성은 부각된다. 하디의 수는 묘지에서 고통스럽게 울부짖으며 슬픔을 토로하지만 윈터버텀의 수는 그런 모습을 보이지 않는다. 물론 윈터버텀이 자신의 『주드』에서 그 장면을 배제했기 때문이다. 오히려 그는 그와 같은 역할을 아라벨러에게 맡긴다. 이런 점에서 아라벨러의 모습은 관객의 깊은 공감을 자아낼 뿐만 아니라 그녀의 진정성은 관객에게 호소력을 갖는다. 그녀가 좋은 어머니이자 아내의 바람직한 조건을 보여주기 때문이다. 묘지 장면에서 아라벨러는 심지어 그녀가 주드의 삶을 그릇되게 했으며, 행복한 결혼 생활의 가능성을 파괴했다고 스스로 인정하기까지 하는, 삶에 대한 통찰력을 보여준다. 물론 주드와 수가 서로의 중요성을 인정하기 때문에 아라벨러의 이런 점을 과소평가할 수 있지만 우리가 아라벨러와 수를 비교할 때 윈터버텀의 『주드』에서는 이는 받아들이기 어렵다.

하디의 『무명자 주드』의 수는 이해하기 어려운 인물이라 할지라도 항상 주도면밀하고 사기성 짙은 육감적인 여성으로서 아라벨러보다 우월한 존재였다. 그러나 윈터버텀이 아라벨러를 관객의 공감을 자아내는 선량한 인물로 만듦으로써, 이와 대조적으로 수의 호소력은 극도로 약화되거나 상실된다. 윈터버텀의 『주드』에서 아라벨러는 성적 탐욕자에서 사랑스런 모성적 인물로 변모하지만 자유정신을 소유한 신여성으로 등장한 수는 영화가 진행될수록 성적으로 억압되고 신경질적 인물로 바뀌기 때문이다. 이는 의도적인 역할 바꾸기이다. 따라서 윈터버텀의 아라벨러는 하디의 아라벨러와는 다르게 관객의 공감을 더욱 강하게 자아내게 된다. 또한 그녀를 주드에 대한 법적, 도덕적 요구를 할 수 있는 인물로 그녀의 영향력을 확대한다. 더욱이 윈터버텀의 『주드』는 모든 사람을 세상의 부조리성과 불의한 사회의 희생자로 바꿔놓으려 하기 때문에 아라벨러를 지지하는 인상을 강하게 줄 뿐만 아니라 전통적인 결혼을 지지하는 인상을 준다. 하디의

『무명자 주드』와는 다르게 윈터버텀의 『주드』에 이혼에 대한 언급이 전혀 없다는 점도 그런 점을 뒷받침한다.

이처럼 하디의 아라벨러가 '사악한 유혹녀'나 '신 타락녀'로서의 성격이 강하다면, 윈터버텀의 아라벨러는 이와 달리 전통적이긴 하지만 '선량한 여성'의 면모가 두드러진다. 이런 점에서 위도우슨Peter Widdowson이 윈터버텀의 영화 속에서 아라벨러가 기대 이상으로 '매력 있고 멋진' 여성으로 바뀌 그려진 것에 놀란 것도 무리는 아니다(Peter Widdowson 195). 실제로 모르건은 아라벨러의 '성적 활력'과 '인식의 예리함', 그리고 '예리한 직관'과 '사리 판단력'을 높이 사며, 그녀는 '일관성 있게 믿을 만하며', '현명하며', '진실성이' 있다고 보았다. 더 나아가 그녀는 하디에게 아라벨러는 '성적 이데올로기와 선입견의 인습에 사로잡히지 않은 여성이 여성을 인식하는' 창을 제공한다고 밝혔다(Morgan 140-43). 물론 모르건의 이런 평가는, 하디의 아라벨러에 관한 것이긴 하지만 윈터버텀의 아라벨러에 대한 선구적인 통찰과 다름없는 것이다.

윈터버텀의 『주드』의 수는 영화 속에서 의미화된 여성이기는 하지만, 아라벨러와 다르게 그녀의 성격 문제는, 하디의 수와 마찬가지로 복잡하다. 그녀는 대담하게 필롯슨에게 자신은 '신여성'임을 스스로 선언한다. 관객은 윈터버텀의 수를 사실 19세기의 여성으로서보다는 20세기의 여성으로서 인식한다. 관객이 모든 면에서 수가 남성들과 동등한 힘을 행사하는 것을 목격하기 때문이다. 수는 실제로 계급 제도의 전복을 옹호하는 정치적인 모임에 참석할 만큼 현대적인 페미니스트의 면모나 정치적인 면에서 급진적 성격을 보여준다. 윈터버텀의 『주드』는 하디와는 다르게 "크라이스트민스터" 시퀀스에 수가 주드를 놀리는 몇 장면을 새롭게 덧붙였다. 이는 그녀가 주드와 지적으로 필적할 뿐만 아니라 중세적인 대학 환경에 대해 어린애 같은 경외감을 가지고 있는 주드를 넘어설 만큼 앞선 이지적 능력의 소유자임을 보여주기 위한 것이다. 또 그녀는 남성들과 편안하게 어울리며, 남성들의 전문 영역에서 경쟁할 수 있는 능력을 보여준다.

20세기 후반의 현대적인 여성으로서 그녀의 면모를 유감없이 보여주는 또 다른 장면은 크라이스트민스터에서 주드와 수가 우정을 나누는 장면일 것이다. 수는 석공들이 많이 모여 있는 크라이스트민스터의 술집에서 떠들썩하게 술을 마시며, 연이어 담배를 피워대는 모습을 보여줄 뿐만 아니라 남성들과 더불어 거리낌 없이 농담을 주고받는다. 이는 그녀의 유희적인 성격을 유감없이 보여준다. 이 점은 일반 영화관객에게는 새로운 호소력을 갖지만 하디의 소설을 읽은 독자에게는 실망감을 준다. 이는 윈슬렛의 캐스팅 문제와도 관련이 있지만, 윈슬렛이 1990년대 사회에서 1890년대 사회의 '신여성'을 대표하는 탁월한 능력을 가졌기 때문이다.

하디의 『무명자 주드』의 수와는 다르게 윈터버텀의 『주드』의 수는 자신의 성을 권력으로 사용하는 여성이다. 그녀는 사회를 위협할 정도로 급진적이다. 그녀는 결혼에 대한 솔직함과 이념적 거부를 통해서 기존 사회 질서의 전복을 꾀하기도 한다. 주드는 사회가 자신의 장래 희망을 이룰 수 있도록 도와줄 것이란 믿음을 가지고 있다. 그러나 그는 자신의 믿음과는 다르게 냉혹한 사회로부터 거부당한 가난한 희생자로서의 성격이 강한 인물이다. 그러나 그런 주드와 다르게 수는 사회 질서 유지의 한 축인 전통적인 결혼과 성 역할을 전복하고, 그렇게 하는 것을 자랑스러워하는 인물이다.

이런 점은 수가 주드와 전통적인 의미에서의 결혼을 하지 않은 상태임을 집주인에게 밝힌 것을 주드가 힐난할 때 드러난다. 수는 주드에게 "거짓말을 하며 살지는 않겠다"고 단호하게 말한다. 하디의 『무명자 주드』

의 수가 셋집 여주인에게 그녀가 결혼했음을 인정한 것은 충동적인 면이 강하다. 그러나 윈터버텀의 수가 거의 동일한 상황에서 결혼을 시인한 점은 기존 질서에 대한 위협이다. 물론 이는 결혼에 대한 그녀의 재해석과 다름없는 것이다. 수의 가족이 셋집에서 쫓겨난 것은, 물론 기존 질서를 중시하는 무자비한 사회적 거부 때문이긴 하지만 그런 거부에 대한 수의 반항적인 반응과도 무관한 것은 아니다.

이와 동시에 윈터버텀의 수는 극도로 자의식적이며, 성적인 관계에서 순수하지 않은 면이 강하다. 그녀는 하디의 수가 보여주는 성적 억압감을 공유하고 있으며, 신경증적 성격이 강하다. 관객은 필롯슨이 수의 허리를 감싸는 장면을 통해 이를 확인할 수 있다. 하디의 수는 필롯슨의 손을 처음에는 뿌리치지만, 결국 주변을 걱정스럽게 둘러보며 내버려둔다. 반면에 윈터버텀의 수는 필롯슨의 그런 행위에 반응하여 그녀 자신도 필롯슨의 허리를 감싸는 적극성을 보여준다. 윈터버텀의 『주드』가 이런 신여성으로서의 '새로운 수'를 끊임없이 관객에게 제시했다면 궁극적으로 아라벨러와 마찬가지로 전혀 다른 성격의 수가 창조되었을 것이다.

그러나 성 행위에 대한 공포와 관련해서 윈터버텀의 수는 하디의 수로 되돌아간다. 수와 필롯슨의 결혼 생활에 대한 윈터버텀의 시퀀스는 하디의 그것에 충실한 편이다. 물론 주요한 차이점은 그 상황의 관찰자가 하디의 전지적 내레이터가 아니라 윈터버텀의 주드라는 점이다. 윈터버텀의 "샤스톤에서"의 시퀀스는 수와 필롯슨 사이의 불화 관계에 초점을 맞춘다. 주드가 그런 고통스런 상황 속에 있는 수를 위로하는 과정에서 그들은 최초로 정열적인 키스를 하지만 수는 주드의 접근을 그 이상 허락하지는 않는다. 이는 그녀가 주드에게 남성은 성적인 측면에서 소심한데 비해 자신은 대담하다고 말했던 기존의 입장과는 상반된 것이다.

그렇다면 주드의 접근을 거부하는 그녀의 상반된 태도를 어떻게 이해할 수 있을까? 물론 이는 윈터버텀이 1990년대에 적절한 신여성으로서의 수를 그리고자 하는 욕망과 동시에 1890년대 하디의 『무명자 주드』의 수에 충실하려는 욕망 사이를 넘나들었기 때문이다. 그러나 그 진정한 해답은 결혼의 주제를 다루는 윈터버텀의 영화 속에서 찾을 수 있다. 아라벨러가 중요하게 되는 것은 바로 이 대목에서이다. 윈터버텀의 『주드』가 초기에 아라벨러의 성격을 통해서 인위적인 사회적 억압의 수단으로서의 결혼을 비판하는 인상을 준 것은 사실이지만 종국에는 결혼이 사회 질서를 위한 유일한 합법적 수단임을 보여주기 때문이다.

윈슬렛의 수를 특징짓는 이중성은 전체적으로 볼 때 영화의 주요한 변증법적 한 부분이 된다. 물론 이는 윈터버텀의 이중적인 욕망에서 연유한다. 그는 감독으로서 억압적인 성에 대한 여성성을 전유하고자 하는 무의식적 욕망을 가졌다. 그와 동시에 그는 통제할 수 없는 힘 때문에 고통을 당하는 희생자로서의 수를 보여주고자 하는 욕망도 가졌다. 실제로 수는 주드가 아라벨러에게 다시 가는 것을 막을 수 있는 유일한 길은 그가 원하는 것을 주는 것임을 깨닫고 이를 실행한다. 사실 이때 그녀는 성과 관련하여 '불변하는' 사회의 전통적 관점을 승인한 셈이다. 윈터버텀은 실제로 누드 프레임을 통해서 전통적인 성을 승인하는 수를 보여준다. 수가 가스 램프 불빛이 부드럽게 비치는 공간 속에서 화면의 오른쪽 절반의 3분의 2를 점유하는 반면 주드는 카메라를 등지고 부분적으로 어둠 속에 있는 화면의 왼쪽 3분의 1을 차지한다. 이런 화면 분할의 누드 프레임은 에로틱함을 강조하기보다는 수의 성적 취약성을 부각시키는 시각적 전략의 성격이 강하다.

또 윈터버텀의 수는 주이에게 어머니로서 역할을 하려고 애쓰지만 하디의 수의 모습과는 다르다. 하디의 수는 분별력이 떨어지는 리틀 파더 타임에게 자신들의 상황을 가감 없이 자세하게 설명하고, 그가 이를 있는 그대로 받아들이게 한다. 그러나 윈터버텀의 수는 주드에게 주이의 '다른 절반은 아라벨러의 것'이라고 말한다. 이는 아라벨러에 대한 질투심의 표현이며, 주이에 대한 비호감적인 감정의 표출이다. 수의 목소리 속에 깃들어 있는 경멸감은 나중에 크라이스트민스터의 집에서 주이에게 '자러가라'고 명령조로 말할 때 되울리기도 한다. 이런 신경질적인 반응에 심적인 고통을 당하는 주이를 어머니처럼 위로하는 이는 수가 아니라 주드이다. 하디의 수는 리틀 파더 타임과 어린이들의 죽음 이후에 그들의 묘지에서 미친 듯이 괴로워하는 모습을 보여준다. 이는 하디 독자에게는 너무도 자연스럽고 당연한 모성의 표현이다. 따라서 그 장면은 영화적으로 표현하기에 적절한 극적인 장면 중 하나임이 틀림없다. 그러나 윈터버텀의 수는 관객에게 그런 모습을 보여주지 않는다. 물론 윈터버텀의 『주드』가 이 장면을 배제했기 때문이다. 이 또한 하디의 수와는 다르게 윈터버텀의 수에 대한 관객의 공감이 약화되는 이유 중 하나가 된다. 따라서 윈터버텀의 『주드』에서는 아라벨러가 따듯한 모성의 여성으로 그려진다면, 수는 지속적으로 나름대로 모성을 보여주는 하디의 수와 다르게 어머니로서 한계를 보여주는 여성으로 그려지는 면이 강하다.

III

윈터버텀의 『주드』는 결혼과 성 역할과 관련해서 역사적 안정성의 판타지로 되돌아가거나 현재에서 안이한 해결의 가능성을 제시하지는 않는다. 그 대신에 그의 『주드』는 관객들로 하여금 결혼과 성 역할의 관계는 문제를 안고 있으며, 그런 문제에 직면하여 당황하고 고통스러워하는 것은 이해할 수 있는 반응이라는 점을 일깨운다.[3)]

하디의 『무명자 주드』는 주드와 수가 그들의 원래 결혼 배우자와 재혼하고, 환락적인 대학 기념일 축제의 환성에 조롱받으며 주드가 죽는 아이러니한 결말을 보여준다. 그러나 윈터버텀의 『주드』는 살아 있는 주드의 모습과 그의 음성, 그리고 그리스도의 부활의 의미를 함축하는 바흐J. S. Bach의 음악으로 끝을 맺는다. 다시 말하면 유혈이 낭자한 돼지 도살 관련 장면이나 수의 출산 장면, 그리고 어린이의 사망 장면 등에서 단호한 리얼리즘의 이미지를 견지해 왔던 윈터버텀의 『주드』는 하디 독자의 비난을 무릅쓰고 의도적으로 주드의 죽음이 아니라 '주드의 삶'으로 끝을 맺는다. 이는 주드의 지난하지만 계속되는 삶을 통해서 성 역할 회복의 가능성을 열어놓기 위한 것이다. 동시에 이는 윈터버텀이 관객과 동시대적인 문화적 이데올로기에 부응했음을 의미한다.

영국 역사를 극화한 1980년대와 1990년대의 많은 영화들은, 랜디에 따르면 영국 문화를 재생산하는 데 있어 여성의 역할과 깊은 관련이 있다. 이런 영화 속의 여성은 두 가지 범주로 나뉜다. 모성적인 범주의 여성들은 정체성, 진정성, 온전함의 보증자로서의 위치를 점유하며, 동정심과 감정이입의 가치를 남성들에게 줄 수 있다. 또 다른 범주의 여성들은 제국주의자 타자들이다. 이들은 사회적 분열, 와해, 죽음 등과 연관되어 있다(Marcia Landy 81-82). 수와 아라벨러에 대한 윈터버텀의 영화 속 묘사는 랜디의 이론을 지지하는 셈이다. 수는 사회적 질서를 혼란케 하는 반항, 고통, 피, 그리고 광기와 연관된 인물인 반면에 동물적 이미지의 여성에서 공감 어린 모성적 인물로 변모한 아라벨러는 일종의 사회적 정체성을 회복하는 인물이기 때문이다. 그렇다면 윈터버텀의 『주드』는 여성의 역할 바꾸기를 통해서 궁극적으로 전통적인 여성의 역할과 결혼을 지지하는 우호적인 결론을 이끌어내고 있는 셈이다.

Note

1) 브루스톤George Bluestone은 1957년에 그의 영향력 있는 저서 『소설에서 영화로』(*Novels into Film*)를 썼다. 그는 이 책의 제1장, '소설의 한계와 영화의 한계'에서 소설과 영화의 차이점을 밝혔다. 소설은 개념적이고, 언어학적이고, 추론적이며, 상징적이고, 정신적 이미저리를 불러내며, 시간적인 면들이 그 형식의 원리이다. 이와 달리 영화는 지각적이고, 시각적이며, 제시적이며, 시각적 이미지가 그 형식 원리이다(Bluestone 61). 물론 그의 주장의 핵심은 영화와 소설은 각기 다른 독특하고 특별한 영역에 머물러야 함을 강조한 것이다(Bluestone 218). 1970년대에 코헨Keith Cohen은 이런 브루스톤의 주장을 따라 복잡한 서사론적 범주와 코드를 설정하여 문학과 영화를 연구하면서 문학의 영화적 각색을 '보는 낱말이 이미지로 변화되는 것'이라고 주장했다(Cohen 4). 1990년대 중반에 맥파레인Brian Mcfarlane은 소설은 선형적이며, 개념적인 반면에 영화는 공간적이며 지각적이라고 그 차이점을 밝혔다(McFarlane 26-28).

2) 실제로 널리 알려진 배우, 즉 슈레싱어Schlesinger가 감독한 『성난 군중으로부터 멀리』의 바쓰쉐바Bathsheba 역을 맡은 크리스티Julie Christie와 폴란스키Polanski가 감독한 『테스』의 테스 역과 윈터버텀이 감독한 『청구자』(*The Claim*)의 에레나Elena 역을 각각 맡은 킨스키Nastassja Kinski, 그리고 골드Gold가 감독한 『원주민의 귀향』(*Return of the Native*)의 유스테시아Eustacia 역을 맡은 존스Catherine Zeta Jones, 그리고 윈터버텀이 감독한 『주드』의 수Sue 역을 맡은 윈슬렛Kate Winslet 등을 보아도 이를 알 수 있다. 이런 여주인공들은 거의 상대적으로 재능은 있으나 유명하지 않은 남성 배우들, 가령 엔젤 크레어 역을 맡은 피쓰Peter Firth, 그림 요부라이트 역을 맡은 스티븐슨Ray Stevenson 그리고 주드의 역을 맡은 이클레스톤Christopher Eccleston 등과 연기를 했다.

3) 이와 관련해서 하디 소설에서 한 명의 여성 구혼 대상자를 두고 두 명 이상의 남

성 구혼자가 경쟁하는 플롯을 흔히 볼 수 있는데, 그 과정에서 그들은 여성을 상실하게 된다. 또한 궁극적으로 그들의 남성성은 하디의 주드에서 볼 수 있듯이 강화되기보다는 점차 약화되는 특징을 보인다. 가령, 나이트Henry Knight와 스미스Stephen Smith는 엘프리드Elfride를 상실하고, 헤름스데일Bishop Helmsdale과 크리브Swithin St Cleeve는 콘스탄틴Lady Constantine을 상실한다면, 클림Clym과 윌데브Wildeve는 유스테시아Eustacia를, 헨처드Henchard와 파드래Farfrae는 루세타Lucetta를, 윈터본Winterborne과 핏지피어스Fitzpiers는 비유적으로 그레이스Grace를 상실하며, 알렉Alec과 엔젤Angel은 테스Tess를 잃는 반면 주드Jude와 필롯슨Phillotson은 수Sue를 잃는다.

3장

영화의 시각적 상상력과 소설의 시각적 상상력

하디의 소설과 그 영화 각색의 세계

I

'영화적 소설가'로서의 하디의 명성은 그가 생존해 있을 때부터 쌓아졌다. 하디의 생전에만 그의 소설을 원작으로 해서 만들어진 영화가 네 편에 달한다. 1913년에 『더버빌 가문의 테스』(*Tess of the d'Urbervilles*)가 최초로 영화화되었으며, 1915년에는 『성난 군중을 멀리 떠나서』가, 1921년에는 『캐스터브리지의 시장』, 그리고 1924년에는 『더버빌 가문의 테스』가 다시 영화화됐다. 물론 영화들은 무성 영화였다. 그 당시 영화 촬영은 하디에게 낯설었고, 낯선 만큼 이상했다. 그는 영화의 제작 현장을 직접 참관했다. 그리고 1921년 7월 2일자 편지에 그 때의 경험을 밝혔다. "오늘 아침에 우리는 참으로 이상한 경험을 했다. 그곳에서 영화 제작자들이 『캐스터브리지의 시장』의 영화 장면을 촬영하며 와서 보라고 했다. 그곳에서 나는 영화 속 등장인물인 시장, 헨처드 부인, 엘리자베스 제인, 그리고 나머지 등장인물들과 직접 이야기를 했다. 영화 촬영의 일은 참으로 낯선 일이다" (Purdy & Millgate, VI, 93).

그런데 하디 자신의 소설을 영화화하는 것에 대한 그의 반응은 신중했다. 1911년 2월 22일에 하디는 자신의 그런 입장을 이렇게 밝혔다. "영화의 연속적인 장면이 원작 소설에 아무런 해도 끼치지 않을 것이며, 오히려 새로운 계층의 사람들에게 소설을 광고하는 것이다"(Purdy & Millgate, IV, 321). 그 해 12월 10일에는 영화 속의 "미국적인 풍경의 웨섹스 목장을 보고 놀라겠지만, 그것은 나에게 아무런 문제가 되지 않으며, 영화가 어떻게 재현되든 소설에는 문제가 없다"고 썼다(Purdy & Millgate, IV, 327-28). 하디 자신의 말을 있는 그대로 받아들인다면, 이는 영화 제작자들이 그 자신의 소설을 어떻게 다루든지 개의치 않겠다는 무관심을 드러내는 것이다.

그러나 나중에 그는 이와 상반된 견해를 밝혔다. 그는 초기의 무관심한 태도와는 다르게 자신의 소설이 영화화되는 것과 관련해서 적극적인 관심을 표명했다. 1921년 2월 19일자 일기에 따르면 하디는 자신의 "소설을 희극화하거나 소설 속에 등장하는 인물을 왜곡하거나 소설의 내용을 변경하고 개작하는 것을 금지한다"라는 계약 조항을 넣는 것을 고심하기까지 했다(Purdy & Millgate, VI, 72). 또 1922년 9월 13일에 다시 영화사와 계약을 하면서 "작품의 내용을 개작하거나 제목을 변경하는 것"을 우려했다 (Purdy & Millgate, VI, 152). 이렇게 본다면 소설가로서의 하디는 자신의 소설이 영화화 되는 것에 대해서 양면가치적인 태도를 지녔다.

하디의 소설을 영화와 관련시켜 비평하는 것은 초기에는 찬사의 의미는 아니었다. 최초로 하디 소설과 영화를 관련시켜 언급한 비평가는 비치Joseph Warren Beach였다. 하디 나이 82세 때인 1922년에 비치는 그가 쓴 하디 평론서의 『캐스터브리지의 시장』(*The Mayor of Casterbridge*)과 『숲 속의 사람들』(*The Woodlanders*)의 소제목을 붙이는 가운데 '영화'라는 낱말을 처음으로 사용했다. 하디가 자신의 소설 속에서 대화와 제시를 최소한으로 사용하여 극적인 장면을 자주 보여주었기 때문이다. 비치에 따르면 하디는 단지 이야기의 윤곽만을 말함으로써 독자로 하여금 소설 속의 행위들을 따라가게 하는 작가이다(Beach 133-46). 물론 이 말은 찬사만은 아니었다. 비치가 하디의 소설을 영화에 비유한 까닭은 두말할 나위 없이 기존의 소설들이 미덕으로 삼았던 정치한 스타일과는 다른 점을 강조하고 싶었기 때문이었다. 비치는 당대의 다른 소설가들과는 달랐던 하디 소설의 '엉성한' 스타일을 염두에 두었다.

비치의 그런 논리는 1940년대에 세실Lord David Cecil에 이르러서 약간의 변화가 있긴 했지만 그대로 하디에 적용되었다. 그는 하디의 문학적 기법과 영화적 기법을 동일시하는 최초의 비평가였다(Cecil 81). 존 웨인John Wain은 역시 1965년에 그의 『패왕들』(*The Dynasts*)의 서문에서 이와 비슷한 주장을 했다. 그는 하디의 시각적 테크닉과 영화와의 관련성을 지적하면서 "영화란 언어 없이도 이미지로 우리에게 직접 이야기를 함으로써 상징적인 힘을 갖는데, 토마스 하디가 그렇게 했다"고 밝혔다(Wain iv-xiii). 밀러Hillis Miller가 하디에 대한 영화적 주목을 언급했지만(Miller 50), 그룬디Joan Grundy는 초기 영화 제작자들이 파노라마 샷, 디오라마diorama, 마술랜턴 쇼 등과 같은 광학적 효과에 관심을 가졌던 것만큼이나 하디도 그런 광학적 효과에 대해 관심을 가졌고, 그런 측면이 소설 속에 반영되었다고 주장했다(Grundy 106-33). 그러나 하디는 본격적인 영화에 거의 영향을 받지 않았다고 봄이 타당하다. 하디의 마지막 장편 소설인 『무명자 주드』(*Jude the Obscure*)의 단행본 출판연도는 1895년이고, 영화의 역사에서 뤼미에르 형제의 '기차의 도착'이 개봉된 이 해를 영화 탄생의 원년으로 보기 때문이다.

비치는 하디 소설의 주요한 특징이 내러티브상으로 끊임없는 공간 이동과 등장인물의 움직임으로 가득 찬 생생한 그림들을 보여주면서도 결코 흥분과 다양성을 잃지 않은 점이라고 지적했다(Beach 133-47). 이는 아주 타당한 지적이 아닐 수 없다. 그런데 비치는 그 자신이 말한 이런 하디 소설의 역동성과 현저한 시각적 특질을 더 중요시 했어야 했다. 그렇지 않으면 정작 하디는 영화의 단순한 시나리오 그 이상의 것을 보여주지 못한 작가라고 비난을 받을 수 있기 때문이다.

정작 영화적 작가로서의 하디의 그런 특질을 정확하게 알아보고 평가한 이는 바로 데이빗 롯지David Lodge였다. 그는 하디에게 "영화적 소설가"라는 신조어를 최초로 붙였다. 그에 따르면 "영화적 소설가란 재현의 자유와 언어적 매개체가 제공한 보고를 사려 깊게 포기하는 대신에 시각적인 용어로 그의 소재를 상상하고 제시하는" 작가를 일컫는다(Lodge 80). 하디 소설의 시각화가 중요한 것은 그것이 영화의 특징인 시각적 효과와 동일하기 때문이다. 실제로 하디는 마치 영화감독과도 같이 현실세계에 대한 우리의 일상적인 인식보다 훨씬 더 생생하고 강렬하며 극적으로 충만한 사실적 세계를 창조했다. 그렇게 하기 위해서 그는 대상을 선택하고, 거기에 강렬한 조명을 비췄을 뿐만 아니라 사물과 사건을 왜곡하고, 특정한 순간을 전경화했다. 그는 그런 과정을 통해서 카메라의 렌즈를 사용하듯이 언어적 기술을 사용했다(Lodge 82). 하디의 소설이 롱 샷, 클로즈업 샷, 망원 샷, 줌 샷, 그리고 광각 앵글 등과 같은 영화적 용어들로 분석이 될 수 있는 것도 그 때문이다.

그런데 롯지는 "하디의 가장 독창적인 시각적 효과 가운데 일부는 진부한 영화의 관용적 표현의 형식들이 되었다"고 말했다(Lodge 82). 신야드Neil Sinyard가 하디를 카메라가 거의 과다할 정도로 보이게 할 만큼 매우 시각적인 작가라고 명명한 것도 그런 맥락에서 수긍할 수 있다. 그는 "하디는 친숙하게 시각적인 작가이기 때문에 카메라를 사용하는 것이 거의 필요 없을 정도이며, 영화감독은 복사판을 만들어 낼 뿐이다"라고 말했다 (Sinyard 48).

이런 주장들은 초기 영화 제작자들이 빅토리아 시대의 작가들에게서 시각적 테크닉과 서사 방식의 테크닉을 빌려왔다는 쎄르게이 에이젼슈타인의 유명한 영화이론을 떠올리게 한다(Eisenstein 205). 그러나 이는 하디에 대한 상당한 지식을 보여주는 것이긴 하지만 영화에 대한 이해의 폭은 비교적 한정되어 있음을 보여주는 것이다. 롯지는 하디의 '영화적' 장치들이 '영화의 상투적 표현방식의 영역으로 격이 떨어졌다'고 과소평가하고 있다. 물론 하디의 소설에 나타난 영화적 내러티브 테크닉들이 영화에서는 흔한 것이 사실이다. 그러나 그런 평가는 영화란 표현 매체에 대한 과소평가나 다름없는 것이다. 에이젼슈타인의 말로 하면 롱 샷, 트랙킹 샷, 클로즈업 샷, 몽타주 등과 같은 영화적 장치들은 바로 영화 문법의 구성 요소이자 영화 언어의 기본적인 요소이기 때문이다. 또 신야드의 말은 영화 제작자들이 할 수 있는 것은 하디의 스타일을 모방하는 것이고, 그 모방은 그 특성상 정적이고 지루함을 의미한다.

따라서 하디 소설의 영화적 내러티브 테크닉을 분석하여 그의 소설의 시각적 호소력의 원천을 구체적으로 밝히는 것은 의미가 있는 일이다. 훌륭한 영화 제작자는 하디가 언어적으로 기술한 묘사를 영화적으로 표현할 수 있을 뿐만 아니라 새로운 영화적 샷을 창조해 낼 수 있다. 영화의 관객과 소설의 독자는 사실 이런 각각의 예술 작품이 제공하는 정보를 습득하고 거기에서 일관성이 있는 이야기를 재창조해내는 작업을 하게 된다.

그런 의미에서 소설의 독자와 영화의 관객은 동일한 일을 하는 셈이다. 소설의 독자가 소설 작품을 미완성의 구조로 전제하고 독해하면서 의미를 구축하는 경험의 과정을 중시하는 독자반응이론은 또한 소설의 내러티브 테크닉과 영화의 내러티브 테크닉을 비교할 수 있는 유용한 방법을 제공한다. 또 내러티브 이론이 소설과 영화의 공통적 관심의 영역으로 인식되는 이유도 소설과 영화가 일반적으로 이야기를 말하는 방식을 공유하기 때문이다. 하디 소설과 그의 소설을 바탕으로 해서 각색된 영화에서 우리가 발견할 수 있는 내러티브 테크닉을 비교함으로써 하디 소설의 영화적 상상력을 살펴볼 필요성은 여기에도 있다.

II

하디 소설은 내러티브 테크닉에서 영화적 기법이 두드러지게 나타난다. 하디는 소설을 전개할 때 내러티브의 전후 맥락에서 틈새를 의도적으로 삽입하거나 필요한 과정을 과감하게 생략하는 기법을 자주 활용한다. 그는 내러티브의 핍진성을 강화하기 위해서 제한적인 내레이터를 활용하거나 카메라의 렌즈처럼 특정한 관찰자를 활용한다. 이와 더불어 하디는 시각적 원근법이나 플래시 기법 등을 구사한다. 이런 기법들은 실제로 하디의 소설을 각색한 영화감독들이 하디적인 느낌이 나도록 활용한 것들이다.

영화적 작가로서의 하디의 토대는 무엇보다 시각 예술로서 회화와의 관련성에서 찾을 수 있다. 하디 소설의 주요한 장면의 시각적 역동성은 사물이나 인간에 대한 그의 시각적 감수성에서 연유한다. 이는 또한 의미의 응축과 강화의 효과를 수반한다. 하디의 시각적 상상력은 당대의 인상주의 예술의 혁신적인 테크닉과 조응했다. 그것은 하디 소설의 전개방식에도 영향을 미쳤다. 하디 소설에 나타난 내러티브의 변화와 분열, 그리고 어긋남이야 말로 하디 소설이 구현한 역동적인 모더니스트의 테크닉이라고 밀러Hillis Miller가 논평한 것도 이를 염두에 둔 것이다(Miller 59).

헨리 제임스Henry James와 그의 추종자들이 소설의 형식을 강조하여 특정화된 내러티브의 일관성을 중시하는 전통을 추구했다면 하디는 회화의 인상주의와 모더니즘을 연관시킨 실험적 테크닉을 활용했다. 그렇게 함으로써 하디는 내러티브에 대한 변이적인 전망과 역동성을 강조했다. 언어의 다중적 지시 양상을 구사한 하디는 리얼리스트의 한계를 극복하면서 소설의 텍스트성에 관심을 집중시켰다. 쉴러 버거Sheila Berger가 지적한 바와 같이, 하디는 상상력이나 책 속에서 의식적으로 완성된 결과를 신뢰하지 않았다. 그 결과 하디 소설에 나타난 일련의 전복적인 시각적 구조의 유형화는 자연발생적이며 혼돈스럽기까지 하는데, 이것은 건축가의 청사진 같은 것이 아니라 코올리지의 '쿠블라 칸'과 같은 것이다(Berger 35).

하디의 『성난 군중을 멀리 떠나서』(*Far from the Madding Crowd*)는 그의 주요한 첫 성공작이다. 이 소설의 시각적 구조는 『더버빌 가문의 테스』나 『무명자 주드』의 그것만큼 복잡하지는 않지만 웨섹스의 목가적 시골 풍경에 대한 전반적인 시각적 효과가 두드러진다. 하디는 자신이 규정한 인상주의의 정의에 걸맞게 풍경, 자연, 그리고 빛과 색채 효과를 등장인물의 마음 상태를 투사하거나 반영하는 객관적 상관물로 활용했다. 하디의 이 소설을 각색한 슈레싱어J. Schlesinger의 영화는 하디 소설의 영화화의 주요한 시작과 다름없다. 슈레싱어는 실제로 『성난 군중을 멀리 떠나서』에서 급진적인 시각적 병치의 프레임을 활용했다. 영화 속에 빈번히 등장하는 일탈적인 공중 샷에서 극단적인 클로즈업 샷으로의 전환이 그 한 예이다. 이런 것은 영화 텍스트에 등장하는 다중적인 시각의 활용이나 앵글의 전환과 등가적 관계라 할 수 있다. 실제로 슈레싱어의 카메라는 트랙킹 테크닉을 통해 등장인물의 시각적 앵글의 역할을 한다. 우리는 그런 예를 트로이Troy와 로빈Fanny Robin과의 관계에서 볼 수 있다. 트로이는 한때 결혼을 약속했던 로빈을 마구간에서 우연히 만난 후에 스스로 통제할 수 없을 만큼 감정이 격해진다. 그는 그런 상태로 현재 결혼해서 함께 살고 있는 바쓰쉐바Bathseba의 화실로 들어간다. 이때 그의 시선은 분명하게 그녀를 건성으로 스쳐지나 벽난로 선반에 있는 시계 쪽으로 옮겨간다. 이어서 그의 시선은 바쓰쉐바에게 선물로 준 회전목마 시계에 머문다. 그런데 그의 시선은 예전과 달리 그들 부부 사이가 새로운 전환점에 와 있음을 관객에게 강하게 암시하고 있다. 따라서 카메라가 그런 그의 시선을 집요하게 추적하는 것은 당연한 일이다. 슈레싱어의 그런 카메라의 움직임은 그것이 실제이거나 환상으로 여겨질 수 있지만 어떤 경우이든 감정의 강렬한 순간을 강조한 것만은 틀림 없다. 이런 영화적 통찰의 순간은 영화적 관례에서 나온 것이지만 집중적이고 강렬한 하디의 시각화 순간의 근사치에 부합하는 것이다. 따라서 하디의 소설과 그 각색으로서의 슈레싱어의 영화는 둘 다 인간의 격렬하거나 통렬한 정서적 순간들뿐만 아니라 웨섹스의 시골 생활의 시각적 심상을 고양시키기에 충분한 것이다.

하디 소설의 호소력을 배가 시키는 것은 바로 이런 시각화의 순간들이 아닐 수 없다. 가령 나이트Knight가 절벽에 위태롭게 매달려 있는 장면은 공간적 원근법을 통해 클로즈업 샷 상태에서 줌 샷으로, 다시 롱 샷으로, 그리고 광각 렌즈의 관점으로 빠르게 전환될 수가 있다. 이런 장면은 시간적 원근법상의 전환들과 평행을 이루는 시각적 병치의 구조로 표현될 수 있다. 실제로 거기에 주변의 풍경과 빛, 그리고 다양한 색채 등이 더해진다. 그것들의 통합적인 효과는 영화의 몽타주 효과와 같다. 이것이야말로 하디가 역동적이고 고양된 내러티브의 리얼리즘을 만들어내기 위해 의도적으로 활용한 서술전략 가운데 하나이다. 등장인물의 성격과 플롯의 역동성은 심리적인 분석을 통해서 강조되기보다는 그와 같은 시각적 효과를 통해서 강조되고 있다.

하디의 『무명자 주드』를 원작으로 해서 만들어진 윈터버텀 Winterbottom의 『주드』는 하디 소설의 시각적 내러티브의 특징을 구체적으로 잘 보여주는 또 다른 예이다. 가령 윈터버텀의 카메라는 하디의 소설에 나오는 '갓 써레질한 이랑들이 마치 새로운 코르덴 천에 난 홈처럼 뻗어 있었다'는 구절을 환기시키듯이 흑백 화면으로 쟁기질이 잘 되어 있는 메리그린의 들판을 과장된 시각으로 포착하여 관객들에게 보여준다(Jude 13). 이어서 그의 카메라는 크라이스트민스터로 떠나는 필롯슨과 주드의 작별 장면을 보여준다. 여기서 카메라는 주드가 학교로 걸어갈 때 그의 눈을 통해서 보는 듯한 주변 풍경을 잡은 이후에 크라이스트민스터로 이사를 가는 필롯슨의 모습을 공중 샷으로 잡는다. 크라이스트민스터는 파노라마 샷의 정점에 이른다. 이 장면은 하디 소설에서 그렇듯이 영화 속에서도 신기루처럼 표현된다. 이것은 하디와 마찬가지로 윈터버텀이 삶의 불모적 의미와 인간관계의 어긋남의 의미를 창조하기 위해서 카메라를 의식적으로 사용했기 때문이다.

하디는 이름 없는 인물을 내레이터로 활용하여 독자에게 내러티브의 박진감을 더해 준다. 『더버빌 가문의 테스』에서 저자와 내포된 저자, 그리고 내레이터를 구별하기 힘든 것도 이런 이유 때문이다. 더 구체적으로 살펴보면 『더버빌 가문의 테스』에서 이름 없는 인물은 '웰브리지의 오두막집에 사는 사람'으로 밤늦게 의사를 부르러 가다가 목장에서 앞뒤 간격을 두고 말없이 걷고 있는 두 사람을 목격한다. 그들은 신혼여행 기간임에도 불구하고 파경 직전의 위기 상황에 처해 있는 테스와 엔젤이다. 이런 상황에서 관찰자로서의 무명의 내레이터를 불러낸 것은 테스와 엔젤이 처해 있는 고통스런 상황의 핍진성과 호소력을 강화하려는 서술전략이다. 아마도 폴란스키가 히치콕A. Hitchcock의 영화 『북북서로 진로를 돌려라』(*North by Northwest*)에서 차용한 빌라 밖에서 울타리를 다듬는 남자와 같은 영화적 요소를 덧붙인 것도 그런 점을 염두에 두었기 때문이다. 저자와 내포된 저자, 그리고 초점을 맞추는 인물로 이어지는 이런 내러티브상의 거리에도 불구하고 테스에 대한 하디의 개인적인 몰입은 쉽게 드러나지만, 이런 불특정 관찰자나 가상의 관찰자를 불러내는 방식은 하디 스타일의 특징 가운데 하나이다.

하디 소설의 주요한 행위는 그 영화에서 그런 것처럼 특정한 앵글이나 위치에서 관찰된다. 예를 들면 하디의 『원주민의 귀향』(*The Return of the Native*)의 이그던 히쓰Egdon Heath는 정서적으로 충만한 미장센의 설정샷으로 시작된다. 유명한 제2장의 소제목처럼 이름 없는 '한 노인이 하늘과 땅이 맞닿은 광막한 공간으로서의 그 장면에 나타난다.' 그러나 영화에서처럼 소설의 독자는 단지 시각적 정보만을 알 수 있을 뿐이다. 그 노인은 서서히 초점을 맞추는 카메라의 렌즈와 같은 역할을 한다. 소설의 독자는 그 렌즈를 통해서 그 노인이 여행하는 길 저 멀리에서 조그만 점과 같이 움직이는 마차를 보게 된다. 그 노인이 마차를 따라감으로써 독자는 비로소 빨강색의 마차와 빨강 물감에 물든 마부의 모습을 점차 명확하게 보게 되는 것이다. 물론 그 노인은 캡틴 바이Captain Vye이고, 마부는 디고리 벤Diggory Venn이다. 이 지점에서 렌즈의 역할을 하는 인물이 노인에서 디고리 벤으로 바뀐다. 그는 곧 하늘을 배경으로 윤곽이 잡힌 커다란 무덤 위에 서 있는 한 여성의 모습을 실루엣의 기이한 무언극과도 같이 포착하는 새로운 렌즈 역할을 한다. 이런 내러티브 테크닉은 영화 촬영의 대본과 유사하다. 따라서 우리는 캡틴 바이나 디고리 벤이라는 두 가지 렌즈를 통해서 비로소 그 장면의 본질을 시각적으로 이해하게 되는 셈이다. 『원주민의 귀향』의 자연 세계를 영화 무대에 올리기 위해서는 하이 앵글에서 디프 포커스에 이르는 광범위한 카메라 앵글의 사용이 필요한 것도 이 때문이다. 그와 같이 다양한 카메라 앵글을 사용하는 이유는 하디가 구사한 공간적인 의미와 전지적 관점을 쉽게 전달할 수 있기 때문이다. 윈터버텀이 구현한 이런 영화적 촬영기법은 영화적 작가로서의 하디의 본능적인 힘과 제유적인 비전을 유감없이 보여주기에 충분하다.

이런 점은 하디의 『캐스터브리지의 시장』(*The Mayor of Casterbridge*)의 첫 장면에서도 어김없이 전개되고 있다. 거기에서 하디는 제한적인 내레이터와 플래시백 기법 둘 다를 통합적으로 활용하여 헨처드Henchard와 수잔Susan 사이에 형성된 불모적 인간관계의 의미를 응축적으로 잘 보여준다. 플래시백 기법은 호머Homer의 『오딧세이』(*Odyssey*)의 예에서 볼 수 있듯이 영화시대보다 훨씬 앞선 시대부터 사용되었던 내러티브 장치이다. 이 장치는 오손 웰즈Orson Wells의 『시민 케인』(*Citizen Kane*)과 같은 영화나 아서 밀러Arthur Miller의 『세일즈맨의 죽음』(*Death of a Salesman*)과 같은 연극에서도 유용하게 사용되었다. 이런 기법은 주제, 등장인물, 그리고 플롯들의 전개에 필요한 이전 사건에 관한 여러 가지 사실들을 관객들에게 호소력 있게 전달할 수 있는 효과적인 서사적 장치임이 분명하다.

하디는 여기에 또 다른 시각적 내러티브의 장치를 더한다. 그것은 사물과 사건, 그리고 인간에 대한 통찰의 범위가 한정된 내레이터를 불러내는 것이다. 그런 제한적인 능력의 소유자로서의 내레이터는 실제로 전지전능한 잠재력을 다 사용하지는 않는다. 물론 문자로 이루어진 소설은 전지적 내레이터를 활용할 수 있지만, 하디의 내레이터는 가 볼 수 있는 것에만 자신의 역할을 제한한다. 이는 하디의 내레이터의 공통적인 특징이다. 우리는 헨처드와 수잔이 먼지 나는 길을 따라 웨이던 프라이즈 Weydon-Priors 시장으로 들어오는 장면의 분석을 통해서 이를 확인할 수 있다. 하디의 내레이터는 실제로 "관심은 있으되 무심한 관찰자로서" 골 풀줄기 바구니를 든 헨처드가 "민요 책을 읽는지, 아니면 단지 읽은 체하고 있는지"를 명확하게 알 수 없는 위치에 있다. 내레이터는 헨처드가 단지 "귀찮을지도 모를 교제를 피하기 위해서 민요 책을 읽은 체 하고 있다"는 의심은 하지만 "그 자신을 제외하고 어느 누구도 정확하게 말할 수가 없는 것"이라 말한다(*Mayor* 36). 반면에 수잔은 내레이터에게 "그 남자의 팔을 잡으려는 생각도 없는 것처럼 보였고, 그녀를 무시하는 듯한 그의 침묵에도 아무런 놀란 기색도 없이 그것을 자연스러운 것으로 받아들이는" 인물처럼 보일 뿐이다(*Mayor* 36). 이와 같이 내레이터의 통찰력을 관찰할 수 있는 것에만 제한하는 것은 쉴라 버거가 지적한 바와 같이 "모든 것을 아는 권위적인 내레이터의 특권행사"에 대한 절대적인 저항과 다름없는 것이다(Berger 99). 그와 같은 제한적인 내레이터의 활용은 전지전능한 내레이터와는 다르게 관객에게 사건이나 사물을 보여주는 영화적 내러티브의 속성과 상통하는 것이다.

하디 소설에서 특정한 관찰자를 활용한 가장 유명한 예는 『더버빌 가문의 테스』의 브룩스 부인Mrs. Brooks이다. 실제로 폴란스키 감독은 영화 『테스』의 이 부분을 촬영할 때 거의 문자 그대로 하디 소설을 대본으로 활용하기도 했다. 브룩스 부인은 '통로 뒷부분에 있는 자신의 응접실에서 조금 열려진 문 안쪽'의 특정한 위치에서 테스와 엔젤 사이에 오고가는 토막 난 대화를 주의 깊게 엿듣는다. 그녀는 이어서 테스가 아파트 문을 닫는 소리까지 듣는다. 이런 대화나 소리는 그 상황을 더 자세히 알고자 하는 브룩스 부인의 호기심을 자극한다.

따라서 그녀는 좁은 공간에서 문의 열쇠 구멍을 통해서 테스의 아파트 방 안을 엿본다. 그녀는 "무릎을 꿇고 의자 위에 고개를 숙이고" 있는 테스의 얼굴과 "머리 위에 올려져 있는 손", "마루에 떨어져 있는 드레싱 가운의 자락과 나이트 가운", 그리고 "양말을 신지 않은 테스의 맨발"을 보는 것만으로 그 상황의 본질을 즉각적으로 알아차린다(*Tess* 315). 더 나아가 프린트 콤 애쉬의 탈곡 장면에서 테스가 그녀를 괴롭히는 알렉을 두꺼운 가죽장갑으로 느닷없이 후려치는 순간처럼 여기서도 초점은 옷과 보호받지 못한 맨발에 맞춰진다. 이는 테스의 상처받기 쉬운 모습을 드러내기 위한 제유적인 전략이다. 브룩스 부인은 단지 테스가 내뱉는 말의 일부만을 들을 수 있을 뿐이지만, "이로 입술을 꽉 깨물어 피가 흘러내리는 입술, 그리고 꼭 감은 눈에서 볼로 흘러내리는 눈물"을 통해서 테스의 얼굴에 나타난 고통의 심연을 볼 수 있다(*Tess* 315). 테스의 얼굴에 대한 이런 세부적인 묘사는, 클로즈업 샷으로 보여주듯이 테스가 처한 절망적인 곤경과 그 깊이를 시각적으로 재차 강조하여 확인시킨다.

하디는 이 장면의 관찰자인 브룩스 부인을 재차 등장시켜 테스와 알렉의 관계에 대한 새로운 상황의 본질을 환기시킨다. 브룩스 부인은 "갑작스런 옷 스치는 소리"에 놀라서 급히 아래층으로 내려온다. 이어서 그녀는 복도로 몸을 숨긴 이후에 다시 부엌으로 몸을 숨긴다. 거기에서 그녀는 "마루와 계단 난간에 옷자락이 스치는 소리"와 앞문이 "열리고 닫히는 소리를" 듣는다. 그리고 그녀는 테스가 "현관을 지나 거리로 지나가는 소리만을" 들을 수 있을 뿐이다. 더 자세히 말하면 어떤 모습이나 소리도 이 상황에 대한 충분한 정보를 제공해 주지 못한다. 사실 브룩스 부인은 "어떤 작별의 말"도 듣지 못하지만 "테스가 싸웠을 지도 모른다"고 추측을 하거나 "더버빌 부인이 아직 잠자고 있을지도 모른다"고 추측만 할 뿐이다. 적어도 시각적으로 극적인 깨달음의 순간이 오기 전까지는 그렇다. 알렉의 몸에서 흘러나온 붉은 피가 흰 부엌의 천정에 "조그만 웨이퍼 크기"에서 "그녀의 손바닥만큼" 커지고, 마침내 "거대한 하트 에이스 모양"으로 확대되어 나타나기 이전까지는 그렇다(*Tess* 315-16). 이것은 물론 테스가 알렉을 최후로 심판하여 살해하는 유명한 장면에 대한 세부적인 묘사이다.

폴란스키의 영화 『테스』는 실제로 이와 동일한 하디의 장면을 영화적으로 면밀하게 표현했다. 그러나 이 장면은 정적이지도 않고 지루하지도 않다. 엔젤과 테스의 대화 장면은 처음에는 엔젤의 관점에서 관찰되지만, 그들의 행위는 나중에 주로 브룩스 부인의 눈을 통해 관찰된다. 브룩스 부인이 문의 열쇠 구멍을 통해서 테스의 고통스런 모습을 엿볼 때처럼, 카메라는 이 상황에 대한 모든 행위를 통합하고, 테스와 알렉의 아침 식사 식탁에 놓여 있는 크고 예리한 칼에 초점을 맞춰 이를 클로즈업 샷으로 포착한다. 그 날카로운 칼은 알렉을 살해하는 데 사용되는 무기이다. 그러나 테스가 다시 집 밖으로 나가는 모습과 천정에 번져 있는 피의 얼룩을 발견하는 샷은 브룩스 부인의 시선으로 잡는다. 중요한 것은 바로 여기서 폴란스키가 잡아내는 하디 소설의 영화적 잠재력, 즉 특정한 장소에서 등장인물의 행위를 관찰하는 동일한 내러티브 테크닉이다. 그는 매개체나 매개자를 활용하여 생생한 시각적, 그리고 청각적 자극과 호소력을 관객에게 전한다. 하디는 이런 자극과 호소력을 언어적으로 중재해야만 했지만 폴란스키는 세부적인 음향과 시각적 이미지로 중재한다.

따라서 폴란스키는 하디 소설의 이 장면에 대한 영화적 등가물을 새롭게 찾지 않아도 되었다. 하디가 이미 그것들을 다 제공해 주었기 때문이다. 그러나 알렉의 살해 사건과 관련하여 '불신의 자발적 중지'를 기대하는 관객들이 천정의 피 얼룩이 거대한 카드의 하트 에이스와 같은 모양을 하고 있다는 사실을 곧이곧대로 받아들여 주기를 기대할 수만은 없다. 그러나 이 장면이 관객에게 매우 강한 시각적 호소력을 갖는 것은 틀림없는 것이다.

그렇다고 하디의 특정한 관찰자를 이처럼 모두 다 손쉽게 영화로 옮길 수 있는 것은 아니다. 물론 구로사와 아끼라 감독의 『라쇼몽』(羅生門)에서처럼 동일한 삶의 한 국면을 다양한 시각에서 보여줄 수는 있지만, 이때조차도 동시에 보여주기는 불가능하다. 단지 통시적인 차원에서만 보여주기가 가능할 뿐이다. 이것은 브루스톤Bluestone의 유명한 말, 즉 소설은 항상 자유롭게 변환할 수 있는 현재, 과거, 그리고 미래라는 세 가지의 시제를 가지고 있으나 영화는 항상 현재라는 하나의 시제만을 가지고 있다는 사실을 새삼 확인시켜 주는 것이다(Bluestone 118-38).

폴란스키는 황량한 프린트 콤 애쉬를 공중 샷으로 잡았지만, "갈색 땅 위에서 두 처녀가 파리처럼 땅 표면을 기어가는" 모습을 북극 새가 날아와서 보는 장면을 영화로 옮기기에는 어려움이 있다(*Tess* 238). 영화로 옮기기에 어려운 또 다른 장면은 주드가 언덕 위에 있는 브라운 하우스에서 크라이스트민스터 방향을 멀리서 바라보는 장면이다. 이 장면은 하디 소설의 독자에게도 문제가 되는데, 독자가 받아들이는 것은 누구의 관점인지가 명확하지 않기 때문이다. 이렇듯 하디의 소설이 관점과 관련하여 모두 쉽게 영화화될 수 있는 것은 아니다. 소설의 관점이 복합적으로 교차되는 부분이 있기 때문이다. 실제로 위도우슨Peter Widdowson이 밝힌 바와 같이 시각적 효과가 두드러지게 나타나는 『더버빌 가문의 테스』 제2장에는 내레이터의 관점이나 그의 입장의 복잡한 모호성이 더욱 잘 나타나 있다 (Widdowson 116). 다음의 인용문에는 초점의 불확정성과 통사적 구문의 특이한 논리가 서로 난해하게 얽혀있다.

> As she walked along today, for all her bouncing handsome womanliness, you **could sometimes see** her twelfth year in her cheeks, or her ninth speaking from her eyes; and even her fifth would flit over the curves of her mouth now and then.
>
> **Yet** few knew, and still fewer considered this. A small minority, mainly strangers, **would look long at** her in casually passing by, and grow momentarily fascinated by her freshness, and wonder if they **would ever see** her again: **but** to almost everybody she was a fine and picturesque country girl, and **no more**. (*Tess* 12, 밑줄과 볼드체는 필자가 한 것임)

위 인용문 속에 나오는 다수의 불특정 관찰자(you, few, still fewer, a small minority, almost everybody)가 초점의 불확정성을 확연하게 한다면 두 번째 단락에 나오는 특이한 통사적 구문(yet, -but, -and no more)의 논리는 누가 테스를 보고 있는가를 불명확하게 한다. 이런 내러티브의 시각적 장치와 모티프는 프린트 콤 애쉬에서 순무를 캐는 농장 처녀들의 영화적 롱 샷과 알렉에게 딸기를 받아먹는 테스 입의 클로즈업 샷에서부터 엔젤과 리자 루가 테스의 교수형을 알리는 '검은 깃발'에 시선을 고정하는 윈톤체스터의 마지막 장면에 이르기까지 반복적으로 전개된다. 그것들의 관점과 관련하여 영화로 옮기기에는 어렵지만 이런 시각화의 유형은 그 상황의 적절한 의미를 시각적으로 강조해서 보여주기에 충분한 것이다.

『더버빌 가문의 테스』 텔레비전 판[1)]이 하디의 원작에 나온 서사에 개입하는 3인칭 내레이터를 모방하여 서사에 개입적인 보이스 오버Voice Over를 반복적으로 사용하는 까닭도 이런 영화적 표현의 어려움 때문이었다. 이런 장치의 중요성은 이 영화의 처음 장면에서부터 찾아볼 수 있다. 잭 더비필드Jack Durbeyfield가 트링엄 목사와 만나기 위해 걸어오는 동안에 보이스 오버는 테스의 조상이 귀족으로 밝혀진 것과 관련하여 "잊혀졌더라면 좋았을 사실을 트링엄 목사가 테스의 아버지에게 발설한 것은 바로 오월제 날이었다. 우연한 만남에 우연한 말이지만 그와 같은 일들이 우리들의 운명을 결정한다"고 관객에게 말한다. 이런 보이스 오버의 개입은 영화 전편을 통해서 열일곱 번 반복된다. 니메이어Paul Niemeyer가 지적한 바와 같이 이런 보이스 오버는 귀찮기는 해도 명확한 이데올로기적인 목적을 텍스트에 부여한다(Niemeyer 237). 더 자세히 말을 하면 보이스 오버의 내레이터는 자신의 선언을 관객들이 권위에 눌려서 수용해야함을 강조하는 역할을 한다. 따라서 내레이터는 관객들로 하여금 이 이야기를 운명 비극으로 보게 하는 영향력을 미치는 셈이다.

하디 소설에서 이런 내레이터의 말은 실제로 일어나는 사건을 보고하는 성격이 강하지만 그 수용을 강제하는 전지적 성격은 약한 것이 사실이다. 그러나 『더버빌 가문의 테스』의 텔레비전 판 영화는 이런 불확실성을 완전히 배제하면서 명확하게 작가의 권위를 내세워서 사건에 대한 전지적 관점을 관객이 수용하도록 강요한다. 이 점은 독자에 따라서 그 의미가 유보되거나 그 수용의 정도가 조절될 수 있는 소설의 내레이터와는 다른 점이긴 해도 하디의 『더버빌 가문의 테스』의 또 다른 영화적 표현인 셈이다.

더 나아가 『숲 속의 사람들』(*The Woodlanders*)과 『더버빌 가문의 테스』는 둘 다 공통적으로 제한된 내레이션과 구체적인 관찰자가 결합되어 시작된다. 예를 들면 『숲 속의 사람들』의 첫 장면은 이 점을 명확하게 보여준다. 더 자세히 말하면 "브리스톨Bristol에서 잉글랜드 남부 해안에 이르는 버려진 길을 걸어온 방랑자"는 필히 "그 자신이 여행의 나머지 부분에 해당하는 광대한 숲 근처에 와 있음을 알아차릴 것이다"는 사실을 내레이터는 독자에게 알려준다(*The Woodlanders* 5). 그 곳은 『숲 속의 사람들』 주인공들의 거주지이며, 그 곳을 거닌 사람은 이발사인 퍼콤Barer Percomb이다. 그는 커튼이 쳐져 있지 않은 채 불이 켜져 있는 오두막 집 유리창을 통해서 "한 손에는 밀낫bill-hook을 들고, 다른 손에는 그녀에 비해 너무 큰 가죽장갑을" 끼고서 "버드나무 의자 위에 앉아 있는 한 처녀"를 본다(*The Woodlanders* 11). 그녀는 마티 사우스Marty South이다. 이발사가 주목한 대상은 여성용 가발의 재료로써 안성맞춤인 마티 사우스의 풍성하고 윤기나는 머리카락이다. 이발사가 관찰한 바대로 그녀는 "붉고 물집 잡힌 상처가 있는 오른 손 바닥"의 묘사에서 볼 수 있는 것과 같이 매우 세밀하게 묘사된다(*The Woodlanders* 11).

> 현재 그녀를 바라보고 있는 사람에게, 그 장면은 극단주의적인 형식의 인상주의적인 그림으로 보였다. 그 그림 속에서 처녀의 머리카락만이 주목의 초점이 되어서 강렬하고 분명하게 그려진 반면에 그녀의 얼굴, 어깨, 손, 그리고 전반적인 모습은 두루뭉술하게 흐려져서 마침내는 불분명하고 희미하게 사라졌다. (*The Woodlanders* 12)

이 대목은 인상주의자들에 대한 하디의 관심을 설명하는 데 인용할 수 있지만, 영화를 예견하는 새로운 내러티브 양식을 연구하는 데도 유용하다. 하디는 인상주의자들의 매혹적인 작품의 현상학적인 의미를 발견했다. 하디는 "칸트I. Kant가 보여주듯이, 진정한 즉자물은 여전히 우리 인식의 너머에 있기 때문에, 우리는 어떤 대상이 우리에게 만들어내는 인상의 진정한 본질에 도달할 뿐이다"고 말했다(Life 261-62). 코헨Keith Cohen에 따르면 소설이란 융통성 없게 전지전능하며 권위적인 내레이터의 주도적인 경향에 싫증이 난 작가들이 '인상주의자 영역'에서 개조된 것이다(Cohen 5). 위의 구절에서 '초점'이란 말은 화가보다는 카메라와 더 밀접하게 연결되는 말이다. 이발사인 퍼콤은 이 장면의 관찰자이기 때문에 마티 사우스의 신체 나머지를 흐릿한 후경에 남겨두는 대신에, 그녀의 머리카락을 관찰의 초점으로써 전경화한다. 하디가 영화의 주관적인 샷에 대한 산문적인 등가물을 독자에게 제공하는 셈이다. 하디가 "주변 풍경을 배경으로 등장인물들을 주목의 대상으로 삼은 객관적인 롱 샷에서부터 카메라의 주관적인 클로즈업 샷, 그리고 왜곡된 시각으로 편집되는 영화적 테크닉"을 사용한다는 이글턴Terry Eagleton의 지적도 그런 점에서 타당하다(Eagleton 14). 이렇게 하는 목적은 하디가 독자에게 관찰자가 본 대상에 대해서만큼 관찰자에 대해서도 알려주기 위함이다.

그러므로 하디의 『숲 속의 사람들』을 각색한 1997년 판 아그랜드Phil Agland의 영화 『숲 속의 사람들』의 첫 시퀀스가 하디 소설의 첫 장면을 거의 그대로 따라가고 있다는 사실은 그렇게 놀랄만한 일이 아니다. 실제로 그의 카메라는 마치 길을 따라서 숲으로 들어가는 이발사인 퍼콤을 추적한다. 카메라는 이후에 마티 사우스의 오두막집에 이를 때까지 그를 줄곧 따라간다. 그는 그녀의 집 유리창을 통해 내부를 엿보지는 않지만 그녀가 일하고 있는 동안 그녀를 계속 응시한다. 그녀의 머리카락은 그녀가 있는 위치에 따라서 전경화된다. 실제로 마티 사우스의 역을 맡은 메이J. May는 카메라에서 얼굴을 돌려 빛나는 머리카락을 관객에게 확연하게 보여준다. 이는 아그랜드가 퍼콤의 최초 관점을 재현하는 것이야말로 그것을 영화적으로 구현하는 데 중요하다는 점을 인식했기 때문이다. 그렇다면 영화감독으로서 그는 소설가인 하디에게서 『숲 속의 사람들』의 세계로 들어가는 길을 찾은 셈이다.

하디의 『더버빌 가문의 테스』 제2장에서도 이와 같은 점은 확인할 수 있다. 이 소설은 트링엄 목사와 테스의 아버지가 우연히 만난 이후에 여러 명의 '방랑하는 여행자'들로 시작된다. 실제로 "해안에서부터 석회질로 이뤄진 구릉지대와 곡물지대를 20마일이나 걸어 온 일반적인 여행자"는 블랙무어의 골짜기에서 "그가 지나온 곳과는 절대적으로 다른 시골", 즉 "더 작으나 더욱 정교한 비율로 건설된" 그림 같은 세상의 일부분을 보고서 "놀라고 기뻐한다"(*Tess* 9). 내레이터는 독자에게 그 곳의 역사며 지형이며 오월제May-Day Dance와 같은 풍습을 말해준다. 그러나 여기서 자주 등장하는 수동태형 원문은 관찰하고 있는 사람이 누구인지, 즉 앞에서 나온 여행자인지 아니면 다른 사람인지를 분별하기 어려운 모호함의 여지를 남긴다.

그러나 내러티브의 초점은 모두 하얀 옷을 입고 "벗겨진 버드나무 가지"를 들고 집단으로 춤추는 사람들에게 맞춰진다. 이어서 "줄지어 선 중년 그리고 심지어 노년의 여성들에게" 맞춰지고, 또 "대다수의 젊은 음악대의 구성원들에게" 맞춰진다(*Tess* 10). 이런 여성들 사이에 드러난 유사함과 차이점을 관찰한 이후에 내레이터의 초점은 다시 "작약 꽃 같은 입과 커다랗고 순수한 눈을 가진" 테스에게 맞춰진다(*Tess* 11). 독자는 내레이터를 통해서 낯선 이들이 첫눈에 순간적으로 테스의 새로움에 매혹될 만큼 그녀가 뛰어난 인물이란 설명을 듣는다. 이어서 내레이터는 오월제에서 춤추는 사람들을 관찰하기 위해 모여든 '보행자들' 가운데 특정한 인물로서의 엔젤과 그의 형들을 독자에게 소개한다. 그 직후에 엔젤은 카메라의 렌즈처럼 초점을 맞추는 사람이 된다. 그는 여성 파트너를 선택하도록 초대받아 시골처녀와 춤을 추지만 정작 적절한 때에 테스를 발견하지는 못한다.

폴란스키의 『테스』는 실제로 이 첫 장면의 수많은 서술 전략들을 영화적 형식으로 재현했다. 그는 블랙무어의 주변 풍경에 대한 롱 샷을 주설정 샷으로 배치한 이후에 오월제에 참석하여 춤추는 사람들로 하여금 카메라를 향해서 활기차게 걸어오게 한다. 그들은 서로 구별이 안 된 상태로 굽은 길을 따라 천천히 걸어오면서 점차 화면의 전면에 등장한다. 폴란스키의 『테스』 속에 나오는 춤추는 사람들은 모두 젊어 보이지만 테스 역을 맡은 킨스키Nastassja Kinski는 상당한 시간이 흐른 후에 오월제에 참가한 사람들과 구별되어 화면에 나타난다. 폴란스키는 트링엄 목사와 테스의 아버지의 우연한 만남의 장면을 블랙무어의 아름다움과 그 곳 풍습을 소개하는 장면 뒤에 배치한다. 그는 하디의 『더버빌 가문의 테스』와는 다르게 그 순서를 바꾸지만 전지적 내레이터의 유형을 따르기보다는 하디가 구현한 제한적인 내레이터의 유형을 따라서 이야기를 전개한다는 점에서는 변함이 없다. 그는 관객들에게 그림과 같이 수려한 주변의 광경을 보여주면서 점차적으로 카메라의 초점을 중심인물로 좁혀간다. 그의 카메라는 천천히 움직여가면서 관객들에게 아름다운 환경 속에 있는 테스나 엔젤과 같은 특정한 인물을 소개하면서 이야기를 전개해 간다. 그렇다면 내러티브 테크닉의 맥락에서 하디의 『더버빌 가문의 테스』가 시작한 방식을 폴란스키의 『테스』가 영화적 방식으로 재현한 셈이다.

하디의 또 따른 내러티브 테크닉의 특징은 과감한 생략과 틈새 벌리기와 같은 영화적 전략이다. 하디가 영화의 점프 컷을 연상시키듯이, 사건들에 대한 과감한 생략을 자주 활용하기 때문에 독자는 사건의 중요한 전말을 간접적으로 알게 되는 경우가 다반사이다. 하디의 가장 흔한 내러티브 장치 가운데 하나는 의미심장한 행위를 보여주지 않고 건너뛰는 것이다. 대신에 그는 청자에게 그 사건을 등장인물로 하여금 이야기하게 한다. 실제로 체이스 숲의 사건과 테스와 엔젤과의 결혼식 직후의 테스의 과거 고백 사건, 그리고 알렉의 살해 사건 등과 같은 유명한 사건에서 하디는 중요한 사건의 내용을 건너뜀으로써 독자로 하여금 감질나게 한다. 그러나 이는 다분히 의도적인 하디의 내러티브 전략이다. 일례로 테스의 과거 고백사건에서 볼 수 있듯이 독자는 네 번째 국면의 끝에 가서야 비로소 "그녀는 눈꺼풀을 아래로 힘없이 내리깔면서 머뭇거림 없이 중얼거리듯이 알렉 더버빌을 알게 된 경위와 그 결과에 대해서 이야기하기 시작했다"는 내레이터의 진술을 들을 수 있을 뿐이다(*Tess* 190). 이 장은 여기서 끝이 난다. 그래서 독자는 궁금증을 가지고 다음 장으로 넘어가나 만나는 것은 과거 고백에 대한 "그녀의 이야기는 끝났다"라는 간결한 한 문장에 불과할 뿐이다(*Tess* 190). 이는 소설의 형식 자체를 중요시한 헨리 제임스 같은 경우에는 언어도단일 수 있다. 그러나 이는 하디가 독자로 하여금 그 틈새와 여백을 채워 넣도록 하기 위한 것이다. 그것은 두말할 나위 없이 독자로 하여금 이야기에 몰입하게 하면서 상상력을 풍부하게 동원하여 테스의 삶에 참여하도록 유도하는 내러티브 전략의 일환이다.

폴란스키의 영화 『테스』는 실제로 하디의 이런 내러티브의 전략을 구체적으로 채택했다. 폴란스키가 그것의 중요성을 인식했기 때문이다. 물론 그것의 중요성에 대한 그의 인식은 그 자신의 영화를 틈새로 가득 채웠다. 따라서 관객은 자신의 상상력을 통해서 채워 넣어야 할 여백을 수없이 만나게 된다. 폴란스키의 영화 『테스』가 하디의 소설 『더버빌 가문의 테스』에서와는 다르게 프린스의 죽음 장면을 관객에게 직접 보여주지 않고 단지 테스의 말로 전한 것도 이 때문이다. 1998년에 제작된 텔레비전 판의 『더버빌 가문의 테스』도 폴란스키의 『테스』처럼 소로우에 대한 세례 장면을 직접 보여주지는 않는다. 여기에서도 관객은 목사에게 전하는 테스의 말을 통해서 그 사건의 전말을 알 수 있을 뿐이다. 폴란스키는 또한 하디가 그랬던 것처럼 알렉에 대한 살해 장면 그 자체를 직접적으로 보여주지는 않는다. 그 대신에 그는 그와 같은 중요한 사건들의 내용을 간접적인 내러티브 테크닉을 통해서 관객에게 전해준다. 그것은 내러티브의 틈새를 창조하고 이를 건너뜀으로써 관객의 상상력을 유발하기 위한 의도적인 서술전략이다. 더 자세히 말하면 그것은 사물이나 사건에 대한 독자 인식의 자동화를 막거나 지연시켜서 말하고자 하는 상황의 의미를 독자의 상상력을 통해 더 깊고 다양하게 생성하는 고도의 서술전략이다. 하디 소설의 내러티브 테크닉이 폴란스키 영화의 그것과 근사치를 이루거나 밀접한 등가적 관계를 형성하고 있는 것도 이런 이유 때문이다.

III

하디의 소설이 1990년대를 지나면서 활발하게 영화화되는 까닭은 여러 면에서 살펴볼 수 있다. 하디 소설은 모더니즘 계열의 소설이나 포스터모더니즘 계열의 소설이 충족시켜 주지 못한 내러티브에 대한 독자의 요구를 충족시켜 주었다. 그의 소설은 이뿐만이 아니라 독자로 하여금 안전하고 친숙한 과거에 대한 향수를 향유하도록 했다. 그의 소설은 또한 영화 관객들의 다양한 문화적 욕구를 충족시킴으로써 문화적 자본을 형성하기 위한 영화 제작자의 경제적 전략에도 부응했다. 이런 점들이 하디 소설의 영화화의 주요한 동인이라 할 수 있다. 그러나 하디 소설의 영화적 각색의 핵심적인 요인은 시각적 호소력의 원천으로써 그의 소설이 가지고 있는 영화적 특질이다.

하디의 소설을 각색한 모든 영화 제작자들은 실제로 정도 차이는 있지만 하디의 시각적 통찰력과 역동성을 잡아내는 데 성공했다. 영화 제작자가 좋은 영화를 창조하기 위해서 하디가 서술한 묘사에 대한 단순한 시각적 등가물을 찾는 그 이상의 일을 할 필요가 있음은 두말할 나위가 없을 것이다. 그런 차원에서 우리가 앞에서 살펴본 하디 소설의 영화적 재현 모두가 하디식이라고 볼 수는 없다. 그러나 내러티브 테크닉의 측면에서 구체적인 관찰자의 활용, 제한적 내레이터의 활용, 생략과 틈새의 활용, 그리고 플래시백 기법이나 시각적 원근법의 활용 등의 측면에서 폴란스키, 윈터버텀, 슈레싱어, 그리고 아그랜드는 영화적이라고 꼬리표를 붙일 수 있는 하디의 서술 전략을 대부분 차용한 셈이다. 물론 이런 영화감독들은 하디의 원작을 맹종하지는 않는다. 그러나 그들은 영화적 재현을 위한 원재료로써의 이야기뿐만 아니라 그것을 말하고 보여주는 방식까지도 하디의 소설 속에서 발견했다. 이런 영화의 실제 예는 진정으로 '영화적 소설가'로서의 하디의 특질을 보여주는 것이다. 그런 하디의 영화적 예지력은 현대 영화감독들에게는 선물과 같은 것이 아닐 수 없다.

Note

1) *Tess of the d'Urbervilles* (London Weekend Television in Britain, Arts and Entertainment Netwwork)

4장

체제 비판적 서사에서 봉쇄적 서사로

제임스 케인의 소설 『우편배달부는 벨을 두 번 울린다』와
테이 가넷의 영화 『우편배달부는 벨을 두 번 울린다』

I

범죄소설은 일반적으로 범죄자의 입장에서 이야기를 전개하거나, 탐정의 입장에서 사건을 해결하는 형태를 띤다. 범죄소설은 주로 탐정의 이야기였으며, 이야기는 범죄적 사건과 이를 해결하는 형사(탐정)의 집요한 추적과 추리 과정이 주된 내용이다. 이러한 이야기는 "누가 범죄를 저질렀는가?"하는 것에만 초점을 맞추고 있지, 사회적이고 역사적인 현실에는 관심이 없다. 20세기 초반의 격동하는 현실적 상황, 즉 노동문제와 파업, 1차 대전과 대공황과 같은 굵직한 역사적 현실은 당시의 범죄소설에는 사실상 존재하지 않는 사건들이었다. 존재하는 것은 평화로운 정원의 평화를 깨뜨리는 살인 사건과 이를 해결해가는 탐정들의 눈부신 활약이었다.[1)]

줄리안 시먼스Julian Symons에 의하면, 범죄(탐정) 소설의 이러한 현실 외면은 작가들의 보수적 성향 때문인데, 오래 전부터 거의 모든 영국 작가들과 대부분의 미국 작가들은 의심할 바 없이 우파였으며, 이들은 압도적으로 보수적인 정서를 지니고 있었다(148). 셜록 홈즈를 그려낸 코난 도일Conan Doyle은 실제로 보수당원이었으며, 고용주가 옳고 노동자는 옳지 않다는 생각을 한 번도 버리지 않았다고 한다(우트만 114).

하지만 1920년대 후반부터 대공황기에 등장한 닷셸 해밋Dashiell Hammet, 레이먼드 챈들러Raymond Chandler, 제임스 M. 케인James M. Cain 같은 새로운 미국의 '하드보일드'hardboiled 작가들은 비현실적이고, 비역사적인 서사구조를 따르지 않았다. 하드보일드 작가인 챈들러는 새로운 이야기의 등장에 대해 "살인을 베네치아산 화병에서 꺼내 뒷마당으로 쫓아냈다"(우트만 134 재인용)라는 말로 표현했다. 뒷마당으로 쫓겨난 범죄이야기는 1920년대 후반에서 1930년대를 풍미한 거친 미국적 현실을 반영하는 하드보일드 범죄이야기라는 장르로 각광을 받았다.

1920년 후반부터 대공황이 전개되던 시기에 미국의 범죄소설은 기존의 이야기와는 전혀 다른 새로운 모습을 보여주었다. 사람들은 이 당시의 범죄소설을 '하드보일드 범죄소설'이라고 부른다. 대공황이라는 거친 세계 속에서 생존의 기로에 서 있는 인물들의 가혹한 현실을 어떤 감상적인 최면효과 없이 있는 그대로 묘사한다는 점에서, 하드보일드 소설은 범죄적인 세계를 현실로부터 분리하지 않고, 현실의 모습을 사실주의적인 방식으로 그려낸다. 하드보일드 소설은 1930년대를 전후하여 미국문학에 등장한 사실주의적이고 자연주의적인 문학 형태로 폭력적인 내용과 자연주의적인 주제를 냉철하고 무감각한 태도로 묘사하는 스타일상의 서술방식을 특징으로 하고 있다.

이때 하드보일드 소설이 냉혹하게 그려내고자 한 것은 추악한 자본주의 시스템에 관한 것이었다. 타락하고 무능력한 경찰들, 탐욕스러운 부자들, 도덕적으로 타락한 여성들, 체제의 폭력과 불합리를 보고 방관하는 시민들로 가득 찬 하드보일드 세계는 비열한 자본주의 시스템에서 벌어지는 비열한 이야기들로 가득 차 있다.

이에 반해 1950년대의 느와르 영화는 하드보일드 소설의 이야기를 원형으로 하고 있다는 점에서 외형상으로는 비슷한 점이 많지만, 영화 안에 담긴 시대적이고 문화적인 상징들을 하드보일드 소설과 달리한다는 점에서 두 시대의 차이를 이해하는 데 도움이 된다. 『말타의 매』(*The Maltese Falcon*, 1929), 『홀쭉한 남자』(*The Thin Man*, 1934) 같은 해밋의 소설들, 『빅 슬립』(*Big Sleep*, 1939), 『안녕 내 사랑』(*Farewell, My Lovely*, 1940) 같은 챈들러의 소설들, 『이중의 배상』(*Double Indemnity*, 1943), 『우편배달부는 벨을 두 번 울린다』(*The Postman Always Rings Twice*, 1934) 같은 제임스 M. 케인의 소설들은 주로 2차 대전 이후에 영화화되어 많은 인기를 얻었고, 이후의 비평가들에 의해 느와르 영화라는 새로운 장르로 불렸다.

느와르 영화는 독일 표현주의의 영향을 받아서 인간(특히 남성)의 불안한 내적 심리를 잘 보여준다. 2차 대전 이후에 유행한 이 영화들은 이전의 미국 영화와 근본적인 차별성을 보여주는데, 느와르 영화의 특징에 대해 존 벨튼John Belton은 '미국식 표현주의'라고 말한다(223-24). 사실 느와르 영화는 2차 대전 이후의 여성의 권리신장에 대한 남성들의 불안한 징후를 보여주는 것이다. 2차 대전 와중에 수많은 남성들이 전쟁터로 가게 되면서, 남성 대신 여성이 노동인력으로 직업 전선에 참여하게 되면서, 여성들은 자신들의 권리와 신장된 힘을 인식하게 되고, 기존의 가부장적인 성적 질서에 도전하게 된다. 몰리 해스켈Molly Haskell은 『숭배에서 강간까지』(*From Reverence to Rape*)라는 책에서 1940년대에 할리우드에서 등장한 독특한 여성상을 남성을 '배반하는 여자'treacherous woman라고 규정한다

(190-91). 전후 영화에서 자주 등장하는 사악한 여성은 남성들의 고유한 무대였던 범죄와 욕망의 세계에서 남성들이 하던 역할을 맡고 있는데, 이때 그녀가 보여주는 파괴적인 힘은 남성들이 느끼는 두려움이 투사된 것이다. 독립적인 여성들의 등장은 가정이라는 체제에 중심을 둔 전통적인 남녀질서에 위협을 가했고, 이러한 위협을 제거하고자 느와르 영화는 가부장제를 위반하는 여성을 매력적이지만 위험한 여성인 '팜므파탈'Femme Fatale로 그려내는 반여성주의적인 재현 방법을 택했다. 여성의 도전에 대한 남성들의 불안감은 느와르 영화로 하여금 관객들에게 안정감을 주는 고전 할리우드 영화의 전통적 서사와 스타일상의 관행을 벗어나, 관객에게 불안하고 불편하게 만드는 스타일상의 재현 방법을 택했다(Belton 213-14). 자본주의 사회에 대한 비판적 내용을 담고 있는 대공황기의 하드보일드 소설은 풍요로운 보수주의 시대인 전후의 느와르 영화로 변형되면서 체제비판적인 요소를 잃어버리고 보수적이고 봉쇄적인 서사로 변화된다. 이 장에서는 이러한 전복적/봉쇄적인 관점을 통해 케인의 『우편배달부는 벨을 두 번 울린다』와 이를 영화화한 테이 가넷Tay Garnett 감독의 동명同名의 1946년 작 영화를 분석한다.[2)]

II

케인의 범죄소설은 다른 하드보일드 작가들과는 달리 탐정이 주인공이 되어서 살인사건을 해결하는 이야기라기보다는 범죄자의 입장에서 살인을 저지르고 좁혀오는 수사망을 빠져나가기 위해 몸부림치는 이야기 구조를 지니고 있다. 범죄소설에서 범죄자와 탐정 간의 심리게임이 중요한 흥밋거리라면 해밋과 챈들러의 하드보일드 소설은 탐정의 심리에 초점이 맞춰져 있는데 반해서, 케인의 소설은 범죄자의 심리에 초점이 맞춰져 있다. 그렇기 때문에 범죄자를 찾아가는 탐정의 추리과정을 강조하는 해밋과 챈들러의 이야기는 전형적인 탐정소설의 이야기 구조를 따라가지만, 케인의 소설은 범죄자가 밝혀진 상태에서, 어떻게 범죄가 계획되고 실행되는가를 보여준다. 그리고 수사망이 좁혀오는 과정에서 이를 피하기 위한 주인공의 내적 갈등과 두려움, 좌절과 욕망 같은 심리 묘사가 소설의 핵심적인 부분을 차지한다.

케인의 소설과 가넷의 영화는 루쓰 스나이더Ruth Snyder의 재판 과정을 다룬 신문기사를 이용했는데, 이 기사는 루쓰라는 여인이 그녀의 연인인 저드 그레이Judd Grey와 공모하여 남편을 살해한 사건을 다루고 있다. 『뉴욕타임즈』의 기사에 의하면, 1927년에서 1928년에 걸쳐 진행되었던 재판에서 루쓰는 금주법(1920년대) 시대의 술 마시고 도박을 일삼는 신여성, '플랩퍼'flapper의 이미지로 그려져 있다. 또 남자는 '얼간이'dupe처럼 비춰졌는데, 특히 그의 왜소한 체형과 기가 죽어있는 모습은 찰리 채플린 영화의 '작은 부랑아'Little Tramp처럼 사람들에게 인식되어졌다(Marling, Detnovel.com).

소설과 영화의 기본 플롯은 거의 비슷하며, 세밀한 부분에서 약간의 차이를 나타낸다. 기본 플롯의 개요는 여기저기를 떠도는 건달인 프랭크 챔버즈Frank Chambers가 길거리에 있는 싸구려 식당에서 일자리를 얻게 되고, 안주인인 코라 파파다키스Cora Papadakis와 격정적 사랑에 빠져 코라의 남편 닉 파파다키스Nick Papadakis를 살해하는 것이다. 하지만 이들의 사랑은 교통사고로 인해서 비극적 결말을 맞게 되고, 프랭크는 여자와 그 남편을 살해하고 재산을 가로채려한 혐의로 고소당하고 사형대에 오르게 된다.

작품의 첫 부분에서 프랭크가 '트윈오크 테번스'Twin Oak Taverns라는 간이식당에 도착하여 일자리를 얻게 되는 장면은 소설과 영화가 지니는 차이점을 잘 드러내준다. 케인의 소설은 다른 하드보일드 소설과 마찬가지로 1930년대의 대공황기의 깊은 영향을 보여주고 있다. 대공황기를 재현해주는 인물 유형은 직업이 없이 여기저기를 떠도는 떠돌이/부랑아의 모습인데, 프랭크도 떠돌이/부랑아의 모습으로 나온다. 작품의 시작은 직업을 찾아 이리저리 전전하는 프랭크가 남의 트럭을 몰래 타고 가다 발각되어 '트윈오크 테번스'라는 길거리에 있는 싸구려 레스토랑에 내려지면서 시작된다. 이 장면에서 챔버스는 길거리의 개처럼 "건초더미 트럭으로부터 내던져진다"(3). 이때 프랭크는 차를 계속 얻어 타기 위해서 차주인에게 무언의 익살극을 보여주는데, 이때 프랭크의 모습은 주인에게 구걸을 하는 개의 이미지로 그려져 있다. 하지만 차주인은 이를 거절하고 프랭크를 차에서 내쫓아버리는데, 이때 프랭크는 '굶주린 들개'처럼 킁킁거리며 새로운 먹을 것을 찾아가는 과정에서 '트윈오크 테번스'에 도착한다.

반면에 영화에서 프랭크는 "난 샌프란시스코에서 샌디에고까지 남의 차를 타고 얻어 다녔지, 30분 전에, 난 손가락을 세워서 차를 얻어 탔지"라고 말한다.[3] 그의 대사를 통해 알 수 있는 영화 속의 프랭크는 굶주리고 갈 곳 없는 떠돌이 개가 아니다. 그가 여기저기를 떠도는 것은 "나의 발이 내가 여러 장소를 향해 가도록 근질근질하게 만들기 때문이다"라는 표현에서 언급되듯이 방랑자적인 욕구와 기질 때문이다.

고향을 잃고 떠도는 인물 유형은 하드보일드 소설과 느와르 영화의 공통점이지만, 그 내부를 들여다보면 근본적으로 차이가 있다. 하드보일드 소설의 남성 주인공은 대공황기를 배경으로 여기저기 떠돌며 거칠게 세상을 살아가는 인물이지만, 느와르 영화의 주인공은 미국의 번영기인 전후를 배경으로 외형적으로는 거칠지만 존재론적으로 고향을 상실한 정서적으로 불안한 인물이다. 하드보일드 소설에서 남성 주인공은 살아남기 위해서 남들에게 비굴한 짓을 하거나, 자신이 원하는 것을 얻기 위해서 잔인한 행동을 거침없이 해내기도 한다. 대공황기를 배경으로 남성들은 거친 세계에서 살아남기 위해서 거칠게 살아가야 했는데, 이들을 존 벨튼은 "프롤레타리안 터프가이"라는 말로 표현했다(194). 소설에서 프랭크는 떠도는 개처럼 길거리에서 잠을 자기도 하며, 이곳저곳 전전하며 자신의 수완과 기지, 그리고 거친 태도로 세파를 헤쳐 나간다. 반면에 영화에서의 프랭크는 거친 남성의 모습을 지니고 있지만, 내면적으로 여성에게 취약한 남성의 이미지로 제시된다. 느와르 영화에서 남성은 심리적으로 불안한 인물로서, 치명적 매력을 지닌 '팜므파탈'로 등장하는 여성의 유혹에 쉽게 굴복하며, 그 결과 파멸과 죽음에 이른다. 이러한 대조는 코라의 남편 닉을 살해하는 장면에서 잘 드러난다. 소설에서는 프랭크가 쇠뭉치 덩어리인 스패너로 닉의 머리를 내려치고, 그 결과 닉의 머리가 퍽하고 두개골이 터지는 장면이 프랭크의 회상을 통해 냉정하게 서술되고 있다. 반면에 영화에서의 프랭크는 주저주저하다가 수건으로 술병을 감싸고 닉의 머리를 내려치지만, 이 잔인한 장면은 영화의 화면상으로 보이지 않는다.

여기저기를 떠돌며 살아가던 프랭크는 트윈오크 테번스라는 운명의 장소에 도착하며, 이곳에서 운명의 여인 코라를 만난다. 케인의 많은 작품에서 남성 주인공이 여성 주인공을 만나는 순간은 '우연'이 '숙명'이 되는 순간이라고 폴 스키나지Paul Skenazy는 말한다(20). 여기저기 자유롭게 떠돌던 주인공에게 여성 주인공은 욕망의 목표이며, 파멸을 가져오는 운명이다. 『우편배달부는 벨을 두 번 울린다』의 코라 역시 마찬가지다. 그런데 코라를 처음 만나는 장면에서 소설과 영화는 두 개의 서로 다른 시선을 보여준다. 소설의 장면에서 코라는 매력적인 여자이지만 처음부터 강렬한 매력을 발산하는 팜므파탈은 아니다.

> 그때 나는 한 젊은 여자를 보았다. 그 여자는 조리실에서 있다가, 내 그릇을 치우러 들어왔던 것이다. 몸매를 제외하고는 기막힐 정도의 미인은 아니었다. 그녀는 쌜쭉한 표정을 짓고 있었다. 그녀의 입술이 톡 튀어나와서 그녀의 입술을 확 포개고 싶었다. "내 아내야." 여자는 나를 쳐다보지 않았다. 나는 그 그리스인에게 의미 없이 끄덕여 보이고, 들고 있던 잎담배를 살짝 흔들어 보였다. 그게 전부였다. 그 여자는 접시를 가지고 들어가 버렸다. 나와 주인 영감 입장에서 보면 나오지 않았던 것과 다름이 없었다. (4)

소설에서 코라는 기막힐 정도의 미인은 아니었지만, 나름대로 매력적인 여자로서 나온다. 그녀가 처음 등장하는 장면에서 그녀의 입술에 대한 그의 감각적 느낌을 제외하고는 둘 사이에 어떤 강렬한 장면은 존재하지 않는다. 간이식당의 주인인 닉과 프랭크가 대화를 나누는 중에 여자는 잠깐 등장해서 접시만 치우고 들어가 버린다. 하지만 영화의 경우 코라는 처음부터 강렬하게 등장한다. 그녀는 하얀 옷과 '짧은 바지'short를 입고 있는데, 이때 그녀의 미끈한 다리가 드러나고, 카메라는 그녀의 감각적인 모습을 강조하고 있다. 그녀가 처음 등장할 때, 프랭크의 앞으로 여자의 립스틱이 굴러오고, 하얀 옷을 입은 매력적인 여인은 그 립스틱을 주워서 프랭크가 보는 앞에서 손거울을 편 채 립스틱을 입술에 칠한다. 이 둘 사이에는 긴장감이 감돌며, 코라의 매력적인 모습에 프랭크는 첫눈에 반한다. 첫 등장 장면에서 코라가 입고 있는 하얀색 옷은 간호사들이나 식당의 여종업원들이 주로 입는 산뜻하고 청결한 작업복으로, 조금 지나면 구겨지고 더러워진다.[4] 하지만 라나 터너의 하얀색 옷은 영화를 통해서 거의 더러워지지 않는다. 설거지를 하는 장면에서도 하얀색 옷은 구겨지거나 더러워지지 않는다. 그녀의 하얀색 옷은 "도발적으로 섹시"하며, 그녀의 열정적이고 "하얗고, 뜨겁게 쏟아져 나오는 증기"(white-hot, torrid steaminess)처럼 욕망과 성적 매력을 연상시킨다(Dirks 1).

코라의 매력에 빠지는 남성 주인공의 모습은, 하드보일드 범죄소설에서는 자신의 의지와 관계없이 욕망의 굴레에 갇혀있는 인간들의 모습이 자연주의적 방식으로 재현되어 있는 데 반해서, 느와르 영화는 이를 팜므파탈의 유혹에 빠져 파멸하는 남성의 이야기로 재현한다. 대공황기에 유행한 자연주의적 세계관은 인간의 숙명을 강조하고 있으며, 인간을 동물적인 차원에서 바라보고 있다. 프랭크와 코라의 서로에 대한 끌림은 무의식적인 욕망이라는 화학작용에 이끌려 행동하는 동시대 작가인 드라이저Theodore Dreiser의 주인공들과 비슷하다. 돈과 욕망에 이끌리는 인물들은 보고 느끼는 대로의 충동에 의해 욕망을 갖는데, 외관상으로 자신의 의지에 따라서 행동하는 것처럼 보이지만, 이들의 인생은 자유의지와 관계없이 생물학적이고 기계적인 과정 속에 있다(곽승엽 8). 대공황기의 삶을 다룬 드라이저의 소설에서 주인공은 자본주의 사회가 부추기는 욕망의 코드에 사로잡혀서 수단방법을 가리지 않고 성공을 추구하다가 파멸하는 희생자의 모습을 결정론적이고 자연주의적인 모습으로 보여준다(손태수 92). 레너드 카수토Leonard Cassuto는 케인과 같은 하드보일드 소설은 드라이저의 『미국의 비극』(*An American Tragedy*, 1925)의 연장선상에서 이해되어야 한다고 주장한다. 부와 신분상승을 추구하는 시대 상황 및 사회 환경 속에서 수단과 방법을 가리지 않고 성공을 추구하다가 파멸을 맞는 주인공의 모습은 대공황기의 '욕망의 사회사'를 극적으로 보여주는 것이다(25-27).

케인의 작품들은 욕망의 코드에 사로잡힌 주인공들의 모습을 결정론적인 자연주의의 모습으로 제시해준다. 『우편배달부는 벨을 두 번 울린다』에서 자주 등장하는 동물적 이미지는 소설의 주인공들이 자연주의적 욕망과 탐욕의 우리에 갇힌 동물로서 비춰지는 것이다. 남자는 떠돌이 개의 이미지로, 여자는 고양이의 이미지로 등장한다. 남자는 이곳저곳 먹을 곳과 쉴 곳을 항상 킁킁거리며 찾아다니며, 여자는 고양이처럼 사납고 앙칼지며, 성적으로 고양이처럼 유혹적이며, 무언가를 항상 원하는 듯 욕망한다. 이러한 동물적인 모습은 이들이 처음 사랑을 나누는 장면에서 잘 나타난다. 프랭크와 코라가 처음 성적인 관계를 맺는 장면에서 둘은 마치 교미기에 있는 동물처럼 그려지고 있다. 자신의 입술을 깨물어 달라고 요구하면서 강한 성적 쾌감을 요구하는 장면은, 남녀 모두 원초적인 욕망에 사로잡혀 있음을 보여준다. 그런데 영화에서는 입술을 깨물고 피를 흘리면서 나누는 성적인 장면은 나오지 않는다. 영화의 의도는 여성의 강한 성적인 매력을 부각시킴으로써, 남성을 유혹하고 굴복시키는 팜므파탈로서의 여성을 강조하는 것이었지만, 소설의 강조점은 현실과 자연적 충동에 얽매인 인간들의 모습이었다.

케인의 소설에서 자주 등장하는 동물적 이미지는 현실에 묶여있는 가련하고 비참한 인간의 모습에 초점을 맞추고 있다. 이에 대해 동시대의 추리소설 작가인 레이먼드 챈들러는 자신의 소설이 해밋과 케인에 비교되는 것에 대해서, 해밋과의 비교는 괜찮지만 케인과의 비교는 못마땅하다고 말했다. 그는 『나는 어떻게 글을 쓰게 되었나』라는 책에서 케인을 가리켜 "그가 건드리는 것들은 전부 숫염소처럼 고약한 냄새가 납니다, 그 사람은 내가 싫어하는 모든 요소를 다 지닌 작가예요. (…) 그런 사람은 문학계의 쓰레기입니다. 더러운 것을 소재로 삼았기 때문이 아니라 아주 더러운 방식으로 썼기 때문에 그렇다는 겁니다."(87-88)라고 말하고 있다.

더러운 소재를 더러운 방식으로 쓴다는 챈들러의 말은 대공황기의 삶에 대한 케인의 서술방식을 의미하는 것이다. 전통적으로 대공황 이전까지 범죄소설은 탐정이야기가 주를 이루고 있었으며, 이때 탐정으로 대변되는 인물은 고귀하고 높은 지성을 통해서 인간이 지닌 고전적 아름다움을 보여준다. 특히 셜록 홈즈로 대변되는 고전적 탐정들에게 범죄자는 조화로운 사회에 균열을 가져오는 일종의 '나쁜 피'이며, 범죄의 해결은 사회의 균열을 봉합시키는 안전한 장치였다. 탐정들은 모더니티의 영향 아래 선형적인 진보와 개혁, 안정된 발전을 추구하는 "이성의 힘"(날카로운 추리력)을 통해서 사회의 나쁜 피를 제거하고, 사회를 다시 건강하게 만들 수 있는 존재들로 그려져 있다(김용언 132). 하드보일드 소설은 이러한 관행들을 깨뜨렸지만, 챈들러의 경우에는 "이 비열한 거리에서 홀로 고고하게 비열하지도 때 묻지도 않고 두려워하지 않는"(『심플 아트 어브 머더』 35) 이상적인 인물에 집착한다. 주인공의 정의로운 행위가 사회로부터 나쁜 피를 완전히 제거하거나 비열한 거리를 깨끗하게 정화시킬 수는 없지만, 탐정으로 대변되는 인물들의 인간적 아름다움을 견지할 수는 있다. 챈들러는 "아름다운 세상은 아니지만 당신이 살고 있는 세상이고, 강한 정신력으로 냉철하게 세상과 거리를 둘 수 있는 작가"(『심플 아트 어브 머더』 34)를 옹호한다. 하지만 케인의 경우는 돈에 대한 욕망과 이로 인한 범죄의 썩은 냄새가 '숫염소'처럼 고약하게 풍긴다. 사람들은 동물적인 세계에 갇혀있으며, 돈과 욕망의 노예가 되어 살인을 저지른다. 『이중의 배상』에서 여자는 남편을 죽이고, 보험금을 차지하려고 한다. 『밀드레드 피어스』에서 딸 비다Veda는 허영에 가득 차 있고, 거짓 임신을 미끼로 부잣집으로부터 돈을 뜯어내려 하고, 새 아버지와 잠자리를 같이 한다. 『아이스박스 속의 아기』

(*A Baby in The Icebox*, 1981)에서 남편은 정부와 살기 위해서, 아내를 죽이고자 벵갈 호랑이를 우리로부터 풀어놓는다.

케인의 『우편배달부는 벨을 두 번 울린다』는 돈에 대한 탐욕과 욕망의 더러운 냄새가 숫염소의 고약한 냄새처럼 진동하는 소설이다. 제목은 돈과 욕망의 비유적 표현이다. 우편배달부에서 벨이 두 번 울린다는 말은 케인이 루쓰 스나이더의 남편 살해에 관한 선정적인 신문기사에서 따왔다고 한다. 한 잡지 편집자가 아내와 정부의 음모에 의해서 살해당하는데, 살해당하기 전에 아내는 남편 몰래 남편의 상해보험에 가입한다. 그녀는 우편배달부에게 그 보험증서를 자신에게 직접 건네 달라고 했는데, 이때 신호가 벨을 두 번 울리는 것이었다고 한다. 벨을 두 번 울리는 행위는 돈에 대한 탐욕과 관련되어 있으며, 이 탐욕이 케인 소설의 제목이 된다. 그런데 영화에서 제목의 의미는 죄와 처벌, 그로 인한 죽음을 의미하는 것으로 바뀐다. 사형이 임박한 작품의 끝부분에서 프랭크는 다음과 같이 말하고 있는데, 이를 통해 제목의 의미를 엿볼 수 있다.

프랭크. 그거 알아요? 이번 일은... 마치... 정말 죽도록 받고 싶었던 편지를 받은 기분이에요. 행여나 벨 소리를 듣지 못할까봐. 문 앞에서 우체부를 기다리는 것 같죠. 우체부는 항상 벨을 두 번 울린다는 건 깨닫지 못하고요

새킷. 뭐라고?

프랭크. 코라에게도 벨은 두 번 울렸고. 내게도 이제 두 번 울렸잖아요.

새킷. 그거네!

프랭크. 중요한 사실은... 두 번째 울리는 벨은 항상 들린다는 거죠. 뒷마당에서 딴 일을 하고 있더라도 말이에요.

사형집행의 시간이 다가오자 프랭크는 이를 "죽도록 받고 싶었던 편지를 받은 기분"에 비유한다. 코라의 죽음 이후에 프랭크는 저승에서 영원히 코라와 함께 하기를 갈망하는데, 이 순간을 우편배달부의 벨소리에 비유한다. 즉 영화에서 제목은 죽음의 벨소리를 의미하고 있다(Dirks 3). 죽음의 벨소리는 피하려 해도 피할 수 있는 것이 아니다. 설사 피하고 싶어서 외면하더라도 두 번째 벨소리는 항상 들리기 때문에 피할 수 없다. 코라도 피할 수 없었고, 프랭크도 피할 수 없는 이 운명은 전기에 감전되어 죽은 고양이처럼 인간들의 운명을 결정짓는다. 제목의 의미가 작품에서 달라진다는 것은 소설과 영화가 대변하는 문화적 코드가 다르기 때문이다. 두 번의 벨소리는 소설에서 돈과 욕망에 사로잡힌 이들의 몸부림이었다면, 영화에서의 의미는 죄의 대가로 주어지는 전기의자의 의미이다.

프랭크와 코라는 싸구려 삶으로부터 벗어나려고 하지만, 그녀의 삶은 여전히 싸구려 인생에 갇혀있다. 소설에서 남자 주인공 프랭크의 이미지가 가난한 떠돌이라면, 코라는 성공을 꿈꾸다 실패한 패배자의 이미지를 가지고 있다. 프랭크와 코라는 모두 현실에서 패배자이지만, 서로를 보는 순간 금지된 것을 꿈꾸게 된다. 프랭크는 안정된 집에서 아름다운 아내와 행복한 삶을, 코라는 사랑하는 남자와 함께 안정된 중산층의 삶을 꿈꾸지만 이것은 두 사람에게 금지된 것이었다. 케인의 여러 소설은 전통적인 주제인 미국의 꿈의 좌절을 주로 다루고 있으며, 미국문학의 전통 속에서 이해해야 한다고 데이비드 매든David Madden은 주장한다(92). 노력만 하면 성공과 안정된 생활은 모든 사람에게 가능하다는 미국의 꿈은 대공황기의 많은 사람들에게 금지된 것이었고, 프랭크와 코라 역시 정상적인 방법으로 얻을 수는 없는 것이었다. 코라의 꿈은 '무엇'인가가 되는 것이고, '무엇'인가를 이루는 것이었지만, 현실에서 그녀의 시도는 번번이 좌절되고, 그녀는 싸구려 식당에서 싸구려 인생을 살아간다. 그녀는 모든 것을 포기하고 살고 있었지만, 프랭크를 만났을 때 다시금 무엇인가가 되기를 욕망하게 된다.

그녀는 싸구려 인생으로부터 도망치려고 프랭크와 눈이 맞아 남편을 떠나지만, 그녀는 "무작정 떠날 수는 없어요. 기껏 가봤자 마지막 닿는 곳은 싸구려 음식점이겠죠?"(29)라고 말하면서 다시 집으로 돌아온다. 프랭크와 도망 나온 그녀의 모습은 낭만적 여주인공의 열정적 모습이 아니라, 삶의 무게에 짓눌려 있고 삶에 지친 모습을 보여준다. 소설은 삶의 무게에 지친 모습을 그녀가 다시 남편에게 돌아가는 장면을 통해서 드러내 준다.

> 여자는 상자를 들고서 오던 길을 되돌아갔다. 함께 떠날 때는 귀여운 파란 슈트에다 파란 모자 차림의 꽤 멋진 여자였는데, 그녀는 이제 전체적으로 후줄근해져 보였고, 구두는 먼지범벅이었고, 울어서 똑바로 걸을 수도 없었다. 나도 울고 있는 나 자신을 발견했다. (30)

프랭크와 눈이 맞아 도망치는 데 성공했다면 이 둘은 낭만적 주인공이 되었겠지만, 코라는 먼지범벅이 된 채, 옷은 구겨지고 후줄근해져서 가련하게 보인다. 삶의 무게에 짓눌린 그녀의 모습은 가난으로부터 벗어나고자 몸부림치는 애처로운 여성의 모습이지, 남성을 유혹하는 팜므파탈의 모습이 아니다. 케인이 바라본 삶의 조건은 대공황기에 모두가 겪었던 삶이었는데, 코라처럼 성공을 향해 달려왔지만 결국은 파멸하고 마는 사람들의 가련한 운명이었다. 높은 곳을 향해 올라가려 하지만, 죽음을 당하는 코라는 사다리를 타고 지붕으로 올라가다가 전기에 합선되어 죽은 고양이의 운명으로 그려져 있다. 성공의 사다리를 타고 높은 곳을 향해 올라가는 과정에서 사고로 죽는 코라는 고양이와 동일한 운명을 지니고 있다.

대공황기를 배경으로 한 소설에서 코라를 범죄와 파멸로 몰고 가는 것은 무언가가 되고자 하는 욕망과 운명적인 힘이지만, 영화에서 코라를 절망과 범죄로 몰아가는 중요한 요소 중의 하나는 가부장제가 여성에게 보여주는 폭력이었다. 전후에 유행한 느와르 영화와 가족 멜로드라마에는 여성의 삶을 힘들게 만드는 가부장제 사회의 억압적 질서가 자주 나온다.5) 1940년대 후반에서 1950년대에 걸친 보수주의 시대에 풍미했던 느와르 영화는 가부장제 질서에 순응하지 않는 여성을 죄지은 여성, 즉 팜므파탈로 재현함으로써 처벌한다. 코라의 경우도 마찬가지이다.

> 난 트윈 오크스를 팔 거야. 이건 농담이 아니야. (…) 사람들이 이 도로를 4차선의 큰 고속도로로 만든대. 한 친구가 내게 값을 제대로 쳐준다더군. (…) 하지만 중요한 건 코라 당신이 일 안해도 된다는 거지. 좀 쉬면서 지내. (…) 내 누나와 살 거야. (…) 몇 년간 몸이 좋지 않았어. 내 누나가 최근에 몸이 마비가 됐지. 전혀 움직이지를 못해. 아직 살 날이야 많겠지만. (…) 적어도 그러길 바라지만, 우리 도움이 필요해. 특히 당신 같은 여자가 필요하지.

코라는 남편 닉이 간이식당을 팔고 멀리 사는 누이와 함께 살려고 하는 사실에 절망한다. 닉은 누이가 건강이 안 좋아서 누군가 누이를 돌보아야 하는데, 코라가 이 일을 해주었으면 한다. 코라에게 닉과의 결혼은 지긋지긋한 삶의 어려움으로부터 빠져나오기 위한 시도였지만, 닉은 다시 코라에게 무거운 삶의 짐을 지우려 한다. 착하고 아내를 위하는 닉이지만 여성의 의무와 같은 가부장제의 가치에서는 다른 남자들과 큰 차이를 보이지 않는다. 케인의 소설 중 『우편배달부는 벨을 두 번 울린다』는 전후에 영화화되었을 때, 가족 멜로드라마적인 요소가 강했다. 가족 멜로드라마와 느와르 영화는 2차 대전 이후부터 1950년대를 통해서 비슷한 시기에 인기를 끌었고, 억압적인 가부장제를 다룬다는 측면에서 비슷한 부분이 있다. 하지만 가족 멜로드라마가 가부장제에 의해서 억압받는 여성의 관점에 초점을 맞춘다면, 느와르 영화는 가부장제를 옹호하는 남성의 시선을 견지한다. 자신의 꿈과 욕망을 이루려는 여성에게 가부장제 질서는 여성의 해방을 억누르는 억압적 체제였고, 이러한 가부장제로부터 벗어나려는 여성의 시도는 '팜므파탈'이라는 낙인과 함께 처벌을 받았다. 『이중의 배상』에서 여주인공이 잔혹한 팜므파탈의 모습을 보여준다면, 『우편배달부는 벨을 두 번 울린다』는 느와르 영화이지만, 여성의 고통에 어느 정도 공감을 나타내도록 작품이 구성되어 있다. 코라는 자신의 꿈을 억압하는 닉의 요구로부터 벗어나 자유를 원하지만, 그 자유의 대가는 남편 살해라는 범죄와 그로 인한 처벌(죽음)이다. 느와르 영화의 서사는 죄와 벌의 서사이며, 여성의 사회적 권익이 신장되는 것에 대한 보수적인 미국 남성의 반감이 표현된 것이다. 반면에 하드보일드 소설인 『우편배달부는 벨을 두 번 울린다』에서는 코라의 희생을 강요하는 닉에 관한 장면은 존재하지 않는다. 소설에서 비극은 뭔가를 이루려는 코라의 욕망이 낳은 결과이며, 대공황기에 유행했던 성공 신화의 좌절에 초점을 맞추는 것이지, 가부장제를 거부하는 여성에 대한 처벌의 이야기가 아니다.

대공황기를 풍미했던 이야기 중의 하나는 더러운 자본주의 사회에 대한 것이었다. 더럽고 비열한 세계와 맞서 싸우는 영웅을 내세웠던 챈들러와 해밋과는 달리 케인은 비열하고 더러운 세계 자체에 초점을 맞춘다.

케인은 '더러운 것'을 '더러운 방식'으로 표현하고 있는데, 이러한 모습이 잘 그려지고 있는 순간은 재판 장면을 통해서이다. 케인의 소설은 재판 과정을 통해서 대공황기에 공권력과 자본주의 체제가 어떻게 더러운 방식으로 작동하고 있는지를 보여준다. 공권력을 대변하는 새킷이라는 지방검사는 다른 사람들을 교수대에 앉히기 위해서 혈안이 되어있는 인물처럼 그려져 있다. 새킷에게 재판은 정의를 확립하기 위한 과정이 아니다. 그는 범인을 사형시키는 것이 좋은 일이라고 믿는 잔인하고 엄격한 법을 상징하는데, 이때 그는 '피에 굶주린 늑대'처럼 묘사되어 있다.

공권력을 상징하는 새킷은 체제의 폭력성을 대변하는 존재이다. 대공황기의 사람들에게 성공 신화를 이룬 자본가들은 약탈자들로, 체제의 옹호자인 경찰관이나 검사들은 무능력하거나 체제의 폭력성을 대변하는 존재들이었고, 하드보일드 소설은 이러한 모습을 잘 그려내고 있다. 하지만 영화에서 새킷의 모습은 냉엄한 법의 심판을 대변하는 존재로 그려져 있다. 죄의 대가는 죽음이며, 처벌(죽음)을 통해서 사회는 정화되어져야 한다는 보수적이고 전통적인 관점이 영화를 지배한다.

이러한 대조는 재판 과정을 통해서 잘 드러난다. 소설에서 제시된 재판 과정에서 초점은 변호사인 키이츠의 관점에서 사건이 진행되고 마무리된다. 소설에서 새킷은 '우리들'(프랭크와 코라로 대변되는 대중)을 억압하는 공포의 법이며, 우리에게 속해있지 않은 '그들'(공권력과 시스템) 중의 하나로서, 프랭크와 코라에게는 영원한 타자이다. 하지만 영화에서 변호사 키이츠의 역할은 미미하게 나타나며, 반면에 새킷은 영화 전체에 걸쳐 자주 모습을 드러낸다. 프랭크가 처음 '트윈오크 테번스'를 찾아올 때에 새킷의 차를 얻어 탔으며, 절벽에서 살인을 저지르고 추락했을 때에도 제일 먼저 이들을 발견한 사람은 새킷이었다. 영화에서 새킷은 피하려고 하지만 피할 수 없는 아버지의 법을 상징하며, 그의 법에서 욕망으로 인한 죄의 대가는 처벌(죽음)이다.

하드보일드 소설과 느와르 영화는 모두가 세상의 시스템에 관한 문제를 제기하는데, 하드보일드 소설은 폭력적인 자본주의 시스템을, 느와르 영화는 아버지의 법으로 대변되는 억압적인 가부장제 시스템을 강조한다. 하드보일드 소설에서 시스템의 문제를 가장 잘 보여주는 과정은 보험회사를 둘러싼 배상금 문제를 다룰 때이다. 배상의 문제를 다룰 때, 소설에서는 배상의 문제가 보험사를 둘러싼 이해관계를 통해서 자세하게 다루어지지만, 영화에서는 보험사에 관한 내용이 없다. 소설에서 새킷은 보험금 문제를 이용하여 프랭크와 코라를 분열시키는 속임수를 사용한다. 『이중의 배상』의 필리스Phyllis처럼 코라가 재산과 함께 보험금을 노리고 남편을 살해했으며, 프랭크에게 이 사실을 감추었다는 사실을 새킷은 강조한다. 만일 코라를 고발하는 고소장에 프랭크가 서명하지 않을 경우, 그가 범죄에 깊이 개입하고 있다는 것을 보여주는 증거라고 새킷은 프랭크를 위협하여, 코라에 대한 고소장에 서명하게 만든다.

이러한 위기를 반전시킨 인물은 변호사인 키이츠이다. 키이츠는 코라의 죄를 인정하여 새킷을 안심시킨 후, 코라를 "고의적 살인"murder이 아닌 "단순 살해"manslaughter로 몰고 가면서, 과실치사라는 결과를 이끌어낸다. 이때 키이츠가 사용한 카드는 보험회사를 이용하는 것이었다. 키이츠는 이 재판을 네 명(프랭크, 코라, 키이츠, 새킷)이 하는 포커게임에 비유한다. 네 명이 모두 기가 막힌 패를 가지고 있고, 특히 프랭크는 최고의 패인 에이스 카드를 쥐고 있다. 프랭크는 차안에서 닉과 같이 절벽으로 떨어져 크게 다쳤기 때문에 그가 닉을 살해했다고 아무도 의심할 수 없었기 때문이었다. 모두가 좋은 패를 갖고 있는 게임에서 이기려면 누군가 기발한 수

법을 써야 하는데, 새킷이 먼저 프랭크에게 보험금을 이용한 협박과 회유로 게임을 주도한다. 새킷은 코라가 보험금을 타먹기 위해서 남편을 죽이고, 이후에는 프랭크마저 죽일 것이라고 말하면서 프랭크와 코라를 대립하게 만든다.

하지만 키이츠는 보험회사를 역이용하여 이를 역전시킨다. 키이츠는 닉의 보험 가입이 코라와는 아무런 관련이 없으며, 자동차 보험을 계약한 대리인이 닉의 계약을 여러 회사와 하게 된 것을 알게 된다. 보험 '태평양 제주 재해'the Pacific States Accident Assurance Corporation of America의 내용은 닉이 사고로 죽으면 1만 달러를 배상해야 하는 것이었는데, 이 때문에 이 보험회사는 코라의 유죄를 주장한다. 하지만 나머지 두 회사(캘리포니아 보증, 로키마운틴 피델러티)와는 자동차에 관한 '타인 상해보험'에 가입되어 있었다. 이 보험약관에는 운전자(코라)가 정상적인 상태에서 부상을 입으면 동승자(프랭크)는 보상을 못 받지만, 운전자가 취해있거나 고의로 상해를 입혔다면, 동승자에게 1만 달러씩을 지불해야 한다는 조항이 있었다. 한 회사는 코라가 살인에 대해 무죄가 되면 손해를 보지만, 두 회사는 코라가 살인을 저지르면 손해를 보는 상황이 발생하게 된다. 세 보험회사는 자신들끼리의 긴급회의를 열고, 나머지 두 회사가 '태평양 제주 재해'에 5천 달러씩을 지불하고, 이 돈으로 '태평양 제주 재해' 보험사는 다른 두 보험사로부터 받은 돈 1만 달러를 미망인이 된 코라에게 지급하기로 타협을 본다. 두 회사는 1만 달러의 손해를 5천 달러로 줄일 수 있어서 좋고, 한 회사는 자신들의 돈을 쓰지 않아서 좋은 것이었다. 그래서 처음 재판 과정에서 코라를 비난했던 '태평양 제주 재해' 보험사는 코라가 살인을 한 증거가 없다고 증언하여 코라의 편을 든다.

이 판결 과정에서 중요한 것은 기업들의 이해득실의 문제였다. 한

쪽에서는 사람의 목숨이 걸려있고, 살인이냐 아니냐에 대한 진실공방과 정의의 문제가 중요했지만, 보험회사들에게 중요한 것은 자신들의 이익과 손해의 문제였다. 보험회사로 상징되는 금융자본은 1920년대에 꽃을 피웠고, 1930년대의 대공황기에는 자본주의의 파멸을 가져온 원흉의 하나로 비난받았다. 자본주의의 위기는 신용(신뢰)의 위기였는데, 금융자본은 이러한 자본주의를 대공황의 위기로 몰아넣은 주범들이었다. 1920년대 미국 자본주의의 호황은 자본주의에 대한 믿음을 바탕으로 사람들에게 신용에 근거해서 물건을 소비하고, 은행으로부터 돈을 빌려 주식에 투자하게 만들었다. 자본주의에 대한 대중의 신뢰는 영원한 것 같았지만, 월가의 주가폭락으로부터 시작된 대공황은 이러한 신뢰를 깨뜨렸다. 카수토는 하드보일드 소설의 시작을 알린 해밋의 소설을 변화하는 세계 속에서의 신뢰를 주제로 한 서글픈 연구로 보았고, 신뢰의 붕괴는 배신으로 가득 찬 이후의 하드보일드 소설의 주제가 되었다고 말한다(81-82). 사람들은 보험회사를 믿고 자신들의 미래에 대한 보장을 맡기지만, 이들의 관심사는 오직 자신들의 이익과 손해이다.

하지만 영화는 이러한 중요한 부분을 배제시켜버리고, 모든 것을 새킷과 키이츠의 거래로 만들어버린다. 검사 새킷은 속임수를 통해서 프랭크의 서명을 받아내는 것 이외에는 범죄 사실을 입증할 물증을 잡지 못한다. 프랭크의 서명도 프랭크가 이를 부정하면 증거로 사용될 수 없다는 것을 알고 있는 키이츠는 이를 이용하여 새킷에게 타협을 제안한다. 재판 과정에서 키이츠는 코라와 프랭크의 범죄 사실을 알게 되지만, 새킷과의 승부에만 관심을 갖고서 이들의 무죄를 이끌어 낸다. 키이츠는 범죄를 알면서도 자신의 이익을 위해서 범죄자들이 법의 그물망을 빠져나가도록 도와주는 인물로 소설에서 그려져 있다.

새킷과 키이츠를 그려내는 방식의 차이는 곧 하드보일드 범죄소설과 느와르 영화가 지닌 차이점이기도 하다. 소설 속에서 제시된 정치적 관점은 자본주의적 현실에 대한 비판이다. '욕망의 사회사'를 이해하기를 제안했던 드라이저처럼 하드보일드 소설은 욕망의 문제를 단순히 고립된 범죄의 문제로 바라보기보다는, 이러한 범죄를 야기한 자본주의 사회에 대한 비판으로 제시한다. 이때 새킷으로 대변되는 법은 개인의 욕망을 억압하고, 이를 어기는 사람들을 사형대로 이끌고 가는 폭력적인 체제이다. 하지만 2차 대전 이후 보수주의 시대를 배경으로 느와르 영화는 죄와 벌이라는 전통적 가치를 재확인하면서, 그 과정에서 가부장제 질서를 벗어나려는 여성을 죄의 관점에서 처벌하려는 시도를 보여준다. 영화는 새킷으로 대변되는 가부장제의 법을 통해서 여성의 유혹에 넘어간 남성(프랭크)과 남성을 유혹하여 죄를 저지르게 만든 여성에 대한 처벌을 강조한다. 새킷은 처벌의 집요함을 보여주면서, 가부장제 질서를 재확립하는 역할을 한다.

재판을 통해서 코라가 과실치사로 인한 집행유예를 받고 풀려난 후, 그녀는 임신을 하게 되고 모든 것은 해결되는 것처럼 보인다. 프랭크와 코라는 자신들의 행복한 미래를 염원하기 위해서, 이전에 즐겁게 지냈던 바닷가로 수영을 간다. 이 부분은 두 사람에게 행복한 장면이지만, 행복의 절정에서 코라의 죽음과 프랭크의 몰락이 찾아온다. 수영을 즐기면서 행복한 시간을 보내던 두 사람은 갑자기 코라가 아이를 분만하려하자 급히 병원으로 가려고 하다가 사고를 당하게 된다.

> 우리는 산타모니카를 넘어서 2마일쯤 떨어진 곳까지 헤엄쳐 갔었다. 저 아래에 병원이 있었다. 커다란 트럭을 따라잡았다. 트럭 뒤에는 '경적을 울리면 비켜 주겠음'이라는 표지판이 붙어있었다. 경적을 울

렸지만 트럭은 계속 도로 한 가운데로 달렸다. 왼쪽으로는 추월할 수 가 없었다. 자동차 행렬이 나를 향해 달려오고 있었으니까. 나는 오른쪽으로 치고 나가며 속도를 냈다. 코라가 비명을 질렀다. 나는 배수로 벽을 보지 못했다. 차가 충돌했고 모든 것이 까맣게 변했다. (…) 그녀의 피였다. 자동차 후드 위로 쏟아져 내리고 있었는데, 거기에서 코라는 앞 창문으로 튕겨 나와 보닛 위에 있었다. 경적이 울리고 있었고 사람들이 차에서 뛰어내려 그녀에게 달려왔다. 나는 그녀를 일으키고 지혈시키려고 애썼다. 그러는 사이 울면서, 그녀에게 말을 걸었고, 키스를 했다. 그녀는 그 키스를 받아들이지 못했다. 그녀는 숨을 거두었다.

행복한 순간은 잠시일 뿐이고 어떤 운명의 힘 같은 것이 이들을 파멸로 몰고 간다. 마음이 급한 나머지 길을 막은 채 천천히 가는 트럭을 피하려고 프랭크는 오른쪽으로 빠지려다가 배수로를 들이받는다. 코라는 현장에서 죽고, 프랭크는 코라의 살해 죄로 재판을 받아 사형에 처해진다. 이 장면에서 피 흘리며 죽어가는 코라를 향한 프랭크의 헛된 몸짓은 애처로움을 불러일으키고, 프랭크의 코라에 대한 키스는 운명의 가혹함을 일깨워준다. 사랑과 행복으로 가득 찬 새로운 삶의 순간이 다가오는 것처럼 보였지만, 이 순간은 운명적인 힘에 의해 좌절된다. 프랭크의 코라의 시체에 대한 필사적인 키스는 운명에 의해 파멸하는 사람들의 비극적이고 애처로운 모습을 보여준다.

하지만 영화에서 이 장면은 전형적인 느와르 영화의 장면으로 제시되어 있다. 느와르 영화에서 핵심적인 요소 중의 하나는 '죽음의 키스'이다. 남성 주인공이 팜므파탈로 대변되는 여성의 성적인 매력에 넘어갈 때 그는 죽음에 다가가며, 키스의 순간은 하드보일드 영웅이 여성에 의해 무력화되고 죽음에 다가가는 순간이다. 강한 남성성을 지닌 거친 남자들에게 여성과의 로맨스는 자신들의 남성성을 약화시키고, 비열한 세상에서 살아남기 위해서 필요한 터프함을 잃어버리기 때문에 위험한 순간이다. 영화에서 프랭크와 노라는 수영을 한 후 집으로 가는 도중에 행복감에 사로잡혀 운전 중에 서로 키스를 하는데, 이때 대형 사고를 겪게 된다. 사랑의 표시인 키스가 곧 죽음의 키스가 되어버린 것이다. 소설과 느와르 영화는 모두 암울하고, 비관적인 종말로 끝맺는다는 점에서 비슷하지만, 이러한 비관주의를 불러오는 존재론적 상황은 서로 다르다. 하드보일드 소설에서는 운명의 가혹함과 자유의지의 허망함을 강조하고 있는 데 반해서, 영화에서는 죄의 대가로서의 피할 수 없는 처벌을 강조한다.

소설과 영화의 종결 부분은 신부를 만나고 사형대로 가기 전의 장면을 다루고 있는데, 이 부분은 죄의 고백과 용서를 구하는 문제를 다루고 있다.

> 저들이 이리로 오는군요. 맥코넬 신부님이 기도가 도움이 될 거라고 말하네요. 만일 여러분들이 여기까지 왔으면, 나와 코라를 위해서, 그리고 우리가 함께 할 수 있기를 기도해주세요. 그곳이 어디든지 간에. (116)

> 신부님! 당신 말이 맞았어요. 결국엔 다 해결 되는군요. 우리보다는 하나님께서 더 잘 알고 계시나 봐요. 어떤 면에서 본다면... 코라는 남편의 죽음에 대한 대가를 치른 거고. 전 코라의 죽음에 대한 대가를 치르는 거네요. 신부님! 저와 코라를 위해 기도해 주시겠어요? 그리고 가능하시다면... 우리가 함께 할 수 있게 기도해 주세요. 어디로 가든 말이에요.

소설에서 프랭크는 기도가 도움이 될 거라는 신부의 말을 받아들이면서, 소설을 읽는 독자들에게 자신과 코라를 위해서 기도해줄 것을 요청한다. 그는 신부에게 자신의 잘못에 대해 용서를 빌지 않으며, 회개의 과정도 없다. 소설에서 주인공 프랭크는 오직 자신의 사고가 코라를 죽이기 위한 고의가 아니었으며, 코라가 이를 알아주기를 갈망한다. 그녀가 죽어갈 때 자신을 원망하지 않았을까를 고민하면서, 죽어서 그녀와 함께 있기를 바란다. 프랭크는 코라와 마찬가지로 죽는 순간까지 자신의 욕망을 포기하지 않는다. 코라는 지긋지긋한 가난으로부터 벗어나 뭔가가 되기를 욕망했고, 프랭크는 그러한 그녀와 함께 하기를 욕망했다. 하드보일드 소설은 욕망의 드라마였는데, 프랭크는 이러한 욕망을 죽는 순간까지 포기하지 않는다. 하지만 영화의 마지막 장면은 프랭크가 회개하면서 신부에게 자신과 코라를 위해서 빌어줄 것을 요청하는 장면으로 끝난다. 죄의 대가인 죽음을 맞이하여 프랭크는 신부 앞에서 자신의 죄를 고백하고 회개하면서 용서를 빈다. 프랭크와 코라는 금지된 욕망을 위해서 법을 어겼으므로, 모두 죄의 대가를 치른다. 느와르 영화는 절망적 결말로 끝나는 점에서 하드보일드 소설과 같지만 죄의 대가는 죽음이며, 이러한 죄를 가져온 여성의 욕구와 이러한 여성에게 굴복한 남성의 욕망을 처벌함으로써, 가부장제를 옹호하는 결론으로 끝맺는다.

III

단지 원작 소설은 영화 창작을 위한 재료에 지나지 않는다는 영화비평가들의 견해나, 원작 소설의 감동을 제작된 영화가 망쳐버렸다는 원전

옹호자들의 견해는 나름대로의 타당성을 지니고 있다. 하지만 대공황기를 풍미했던 하드보일드 범죄소설과 2차 대전 이후에 할리우드에 유행했던 느와르 영화는 어느 쪽이 더 가치가 있느냐는 논의를 떠나서 각 시대의 문화적 코드를 반영해주는 두 개의 텍스트로 이해할 필요가 있다. 같은 이야기이지만, 세부적인 부분에서 조금씩 다른 두 작품(케인의 소설과 가넷의 영화)을 분석하는 것은 대공황기(진보주의 시기)와 전후의 시대(보수주의 시기)라는 미국사의 굵직한 두 시대를 이해하는 좋은 척도가 될 것이다. 대공황은 전통적으로 미국인들이 갖고 있던 개인주의와 낙관주의적 세계관을 깨뜨린 역사적 사건이었다. 자본주의 발전과 더불어 열심히 노력하면 성공할 수 있으며 미국은 유럽과는 달리 이러한 기회가 보장되어 있다는 낙관주의적 인식을 미국인들은 갖게 되었는데, 대공황은 이를 여지없이 깨뜨렸다. 산업화를 통해서 거대 기업이 성장하고 카네기나 록펠러 같은 거대 기업가에 대한 신화가 만들어지면서 미국인들은 이들을 개인주의의 승리로 바라보았지만, 산업화의 어두운 면은 간과하고 있었다. 거대 기업의 등장은 개인의 통제력을 벗어난 거대한 시스템을 만들었고, 개인은 이제 시스템의 작은 부품에 불과하게 되었고 그들의 자유의지는 시스템 앞에서 무기력해졌다. 대공황은 성공 신화의 붕괴와 함께 사람들에게 자신들의 의지와는 무관한 어떤 힘이 그들을 지배하고 있다는 인식을 심어주었고, 그 결과 유럽에서 유행하던 자연주의적인 결정론이 미국에 유입되었다. 자연주의적 결정론은 마르크스주의 사상의 도입, 문학에서 프랭크 노리스Frank Norris, 디오도어 드라이저의 자연주의 소설, 그리고 하드보일드 소설의 등장에 영향을 끼쳤다.

또 이 당시는 열심히 노력해서 얻은 것이라는 성공 신화의 주인공들에 대한 신뢰가 붕괴된 시기였다. 기업가들의 성공은 자신들의 창의적 기업가 정신에 의한 것이 아니라, 일반 대중을 약탈해서 얻은 것이라는 인식이 확산되었고, 기업가들은 약탈적 자본가들로 인식되었다. 이는 많은 하드보일드 소설에서 배후에 존재하는 범죄의 원흉처럼 그려졌으며, 해밋과 챈들러의 소설들은 주로 이러한 내용을 그렸다. 그런데 케인은 거대 기업가들과 암흑가의 인물들, 그리고 이에 맞서 싸우는 사립 탐정을 그려내기보다는, 보통 사람들의 탐욕과 욕망 그리고 좌절을 그려내고 있다. 케인이 그려낸 보통 사람들은 미국의 꿈으로 대변되는 돈과 성공을 범죄를 통해서 얻으려고 시도하다가 실패한다. 케인의 소설에서 무언가가 되기를 원했고, 무언가를 이룩하기를 원했던 코라의 욕망은 프랭크와 함께 범죄의 길로 들어서고, 운명은 그들에게 좌절을 안겨다 준다. 그들의 좌절은 운명 속에서 파멸할 수밖에 없는 개인들의 모습을 보여주고 있다.

하지만 느와르 영화에서 무언가가 되기를 원했고 코라와 코라에 매혹되어 범죄를 저지른 프랭크는 죄의 대가로 죽음을 당하는 서사구조 속에 놓여진다. 전후의 미국은 대공황 이후부터 계속되었던 혼란을 수습하고 전통적인 미국의 가치를 재확립하고자 노력했던 시기였다. 특히 전쟁 중에 남성들이 전쟁터로 간 사이에 여성들이 공장과 일터에서 남성을 대신해서 일을 하게 되면서, 여성들은 자신들의 목소리를 낼 수 있게 되었다. 전쟁이 끝나고 돌아온 남성들에게 이러한 여성의 변화는 고통을 안겨주었다. 여성들에게 따뜻한 그 무엇을 기대하던 남성들에게 사회적으로 활동하는 여성들은 더 이상 고분고분하고 통제 가능한 대상이 아니었다. 이러한 여성들은 가정이라는 소중한 장소를 벗어나서 가정을 파괴하는 인물들로 그려졌고, 이는 느와르 영화에서 팜므파탈을 통해서 구체화된다. 이 당시의 할리우드는 보수적 남성의 서부 영화, 여성들을 가정에 묶어두고 가부장제를 옹호하는 가족 멜로드라마, 그리고 이를 벗어나려는 여성들을 팜므파탈이라는 이름으로 처벌하는 느와르 영화가 인기를 끌었다. 현실에서 이미 커져버린 여성의 위상을 돌이키기에는 불가능했지만, 대신 상상을 통해서 여성을 처벌하는 서사구조는 가능했다. 따라서 테이 가넷의 영화가 하드보일드 소설이 갖는 자본주의 현실에 대한 비판적인 요소를 배제할 뿐만 아니라 팜므파탈의 유혹에 사로잡혀 죄를 저지르고, 그 결과 처벌을 받는 보수적인 구성의 이야기로 원전을 바꾸어버린 것도 이 때문이다.

Note

1) 예를 들어 아가사 크리스티Agatha Christie 소설의 성공요인은 그녀가 전쟁의 충격이나 경제적 위기 혹은 사회적 변혁을 작품에서 그리지 않고 무시했다는 데서 기인했다. 이러한 현실 외면이 독자들에게는 전쟁 전의 신성한 질서가 여전히 존재한다는 느낌을 가져다주었다. 이러한 사실은 도로시 세이어스Dorothy Sayers라는 추리작가에 의해서 다시 언급되는데, 세이어스는 추리소설이라는 장르가 현실을 묘사하거나 이해하는 대신에 현실로부터 도피하기를 원하기 때문에 독자가 읽는다고 말하고 있다(우트만 123, 127).

2) 『우편배달부는 벨을 두 번 울린다』라는 영화는 잭 니콜슨Jack Nicholson과 제시카 랭Jessica Lange 주연의 1981년 작품이 있는데, 이 작품은 뛰어난 작품성과 극작가인 데이빗 마멧David Mammet의 스크린 대본으로 주목을 받았다. 하지만 2차 대전 이후부터 1950년대를 통해 인기를 끌었던 느와르 영화의 전성기를 지났다는 점에서 느와르 영화가 만들어진 그 시대의 문화적 코드를 설명하기에는 부적합하므로 본 논문에서는 테이 가넷Tay Garnett 감독의 1946년 작 영화를 분석 대상으로 하겠다. 존 벨튼은 이후에 만들어진 느와르풍의 영화들－『차이나타운』(*Chinatown*, 1974), 『보디히트』(*Body Heat*, 1981), 『원초적 본능』(*Basic Instinct*, 1992) 등등－은 외형적으로 느와르 영화의 형식을 가져왔지만, 전후의 감성과 분위기 그리고 문화적 분위기가 없는 가짜 느와르라고 말한다(191-92).

3) 소설의 경우는 인용을 하고 난 후에 페이지 표기를 하였으나, 영화의 경우에는 표기를 하지 않았음.

4) 소설에서는 "나는 그 여자를 보지 않았지만, 그녀의 옷을 볼 수 있었다. 그녀는 간호원복 비슷한 흰 옷을 입고 있었다. 그것은 치과병원에서나 빵집에서 일하고 있을 때의 차림새였다. 아침나절에는 그 옷이 깨끗했겠지만, 이때쯤이면 구겨지고 얼룩이 져 있었다."(8)라고 표현되어 있는데, 이러한 원작의 분위기에 충실한 영화는 1982년에 만든 잭 니콜슨, 제시카 랭 주연의 리메이크 작이다. 이 영화에서 여주인공의 하얀색 옷은 도발적이지 않으며, 주방에서 일을 하는 그녀의 모습은 노동의 힘든 모습에 구겨지고, 더럽혀진 하얀색 옷이다.

5) 앤 캐플런Ann Kaplan에 의하면, 할리우드 영화가 여성을 재현하는 방식은 3가지를 취하는데 첫째는 물신화된 여성상이며, 둘째는 희생자로서의 여성이며, 셋째는 팜므파탈이다(이형식 218-19에서 재인용). 이 세 가지 여성 유형은 남성들이 보고 싶어하는 방식으로 여성의 모습을 재현했으며, 모두 남성의 시선 속에 갇혀있는 인물 유형들인데, 1950년대의 할리우드 영화에서 즐겨 사용되었다.

5장

보수주의 담론과 위협의 서사

앨런 르메이의 소설 『수색자』와 존 포드 감독의 영화 『수색자』

I

1980년대 레이건 행정부의 등장과 함께 일명 네오콘이 집권하고 영국의 대처, 캐나다의 브라이언 멀로니, 독일의 콜 수상 같은 보수주의 정권이 등장하면서, 서구 자본주의 전체는 보수주의 헤게모니 시대의 중심에 서게 되었다. 보수주의자들은 정치권력을 장악함과 동시에 자신들의 경제적, 사회적, 문화적 구상들을 구체화했다. 문화가 보수진영과 진보진영의 격렬한 이론적 전쟁터가 될 수밖에 없었던 것도 보수주의자들이 정치적, 경제적 힘에 기초하여 문화를 보수적으로 변형시키려 했기 때문이다(켈너 42).

미국의 보수주의자들은 자신들의 구상을 실현하기 위하여 1960년대와 1970년대에 확립되었던 자유주의적이고 진보적인 가치들을 부정하고, 1950년대의 문화와 가치를 부활시키려했다. 미국의 1950년대는 진보적 자유주의자들에게는 매카시즘의 광기로 말미암아 민주주의가 위기에 처한 시기였지만, 보수주의자들에게는 이 시기가 1920년대와 더불어 미국 자본주의의 황금기였다. 또 영화사적 관점에서 볼 때 1950년대는 매카시즘의 광풍이 할리우드까지 불어 닥친 암울한 시기였지만, 보수주의자들에게는 이 시기가 서부 영화나 느와르 영화와 같은 보수적 가치를 예찬한 대작들을 낳은 황금기였다. 1980년대 보수주의의 대부인 로널드 레이건은 실제로 『법과 질서』(*Law and Order*, 1953)라는 서부 영화의 주인공 역인 보안관을 연기했을 뿐 아니라, 일상사에서도 서부 개척시절의 개척자들의 복장을 하고, 사진기자들에게 포즈를 취하는 것을 좋아했다.

레이건이나 부시 같은 보수주의적인 대통령들은 자신들의 이미지가 카우보이처럼 비춰지기를 원했는데, 이는 카우보이라는 표상이 미국의 보수주의 서사에서 핵심적인 역할을 하고 있기 때문이다. 유력 정치가들뿐만 아니라, 일상적 삶을 살아가는 평범한 사람들도 끊임없이 이러한 종류의 표상들과 마주치고, 이를 내면화시키면서, 자신의 삶의 이정표를 정하기도 한다. 마이클 라이언Michael Ryon에 의하면, 이러한 표상이 자아와 세계 사이의 경계를 짓고 자아의 정체성을 확립하게 할 뿐만 아니라 세계 속의 대상들 간의 경계를 구분함으로써 대상들의 정체성을 확립케 한다. 또 그에 따르면, 그 표상은 자아의 일부분으로 채택되고 내면화될 뿐만 아니라, 일단 내면화되면 자아에게 문화적 표상들이 제시하는 가치들을 받아들이도록 영향력을 행사한다. 궁극적으로는 주도적인 표상들이 문화 속에서 결정적인 정치적 쟁점이 될 수밖에 없는 것도 그 때문이다(34-35).

현대에 이런 표상이 문화적으로 생산되면서, 자아의 역할 모델을 제시해주고, 정치적으로 특별한 의미를 지니게 하는 공간이 바로 영화이다. 보수주의자들에게 미국은 서부 영화에서 볼 수 있듯이 개척자들의 땅이었고, 카우보이들은 황무지에 문명의 빛을 가져다주는 핵심적 구성원들이었다. 그리고 이러한 문명의 전진을 가로막는 인디언들은 미국 역사의 개척시대부터 문명을 위협하는 혼돈의 세력으로 그려져 왔다.

인디언들이 위협적인 존재로 그려진 것은 특별하고 예외적인 현상은 아니었다. 할리우드의 영화 산업은 관객들이 선호하는 이야기들을 반복적으로 재생산해 내는 특징이 있다. 할리우드 영화에서 반복적으로 사용되면서 남성 관객들의 판타지를 충족시켜주는 대표적인 이야기는 언제나 이 세상에는 조화로운 질서를 파괴하는 위협적인 존재가 있으며, 영웅들이 악당들의 위협으로부터 위기에 처한 인물들, 특히 여성을 구해준다는 틀에 박힌 내용이다. 이러한 위협과 구원의 이야기 구조에서 인디언들은 오랫동안 선의 대척점에 서 있었다. 위협과 구원의 이야기는 개인적으로는 남성의 욕망과 판타지를 충족시켜주는데, 특히 보수주의적인 시대와 보수적인 영화 장르에서 더욱 그 빛을 발했다.

위협의 서사는 보수주의가 강하게 부각되던 1950년대와 1980년대 할리우드의 영웅 서사를 통해서 잘 드러난다. 1950년대 서부 영화의 영웅들이나 1980년대의 하드 바디hard body를 지닌 강인한 남성 영웅들은 악당으로서의 인디언들이나 공산주의자들을 물리치고 혼돈의 세계에 질서와 정의를 가져온다. 마치 성경에서 신이 혼돈으로부터 이 세상의 질서를 창조하듯이, 보수적인 남성 영웅들은 무질서로부터 질서를 이끌어낸다. 무질서를 질서로 바꾼 남성 영웅의 서사는 보수주의자들이 즐겨 사용하는 서사이며, 이 과정에서 보수주의적인 국가적 영웅의 신화가 탄생한다. 더글라스 켈러는 대중문화나 미디어 문화가 당대의 정치적 담론들을 '코드 변환시키고'transcode, 표상들이 경합하는 장소라고 지적했다(112). 사실 서부 영화는 무질서를 가져오는 위협적 대상들과 질서를 가져오는 영웅의 표상을 제시한다는 점에서 영웅 신화를 확대 재생산하면서, 당대의 보수주의적 욕망과 가치관을 재생산해 왔다. 실제로 서부 영화에 나타나는 영웅의 이미지는 레이건(람보)이나 부시(서부 영화의 주인공들)같은 보수주의 정치가들에 의해서 자신들의 표상으로 채택되고, 이용되었다.

존 포드의 영화들은 이러한 영웅 신화를 가장 잘 극화하고 있다. 존 포드는 『수색자』에서 위협적인 타자들의 존재와 이들로부터 선량한 사람들을 구해내는 영웅이야기라는 다소 진부한 내러티브를 미국적 신화로 만들어 가는 데 중요한 역할을 했다. 이러한 영웅 신화적 요소는 멜로드라마적인 선과 악의 이분법적인 대결 구조를 통해 구현되는데, 중요한 것은 이를 단지 재미를 위한 형식적인 장치로 이해하는 데 그쳐서는 안 된다는 점이다. 미국의 보수주의 담론은 타자의 위협을 토대로 자신의 이념적 정체성을 구축해 왔기 때문이다. 보수주의적 가치관에 의하면, 이 세상은 무수히 많은 위협으로 가득 차 있고, 당면한 위협이 사라졌다고 해서 문제가 완전히 해결되지는 않는다는 것이다. 물론 위협적인 악당들과 위협적인 악의 세력들이 끊임없이 재생산되고 있다고 보기 때문이다.

따라서 보수주의자들이 그 위협적인 세력에 맞설 수 있는 강인한 힘을 기르는 것을 그 무엇보다 중요한 것으로 보았다. 그런데 강인한 힘을 강조하는 서사 구조에서 빼놓을 수 없는 점은 아이러니컬하게도 강인한 적대자의 위협이 항상 존재한다는 것이다. 이 위협적인 적대자들은 우리들, 특히 우리 아이들과 여성을 위협하고 있다.

따라서 영화와 같은 대중문화에서 그런 악당들이 잔인한 모습으로 그려지는 것도 이와 무관하지 않다. 연극과 달리 영화는 타자들의 위협을 얼마든지 잔인하고, 파괴적이고, 위험한 모습으로 그려낼 수 있고, 실제로 그렇게 그려왔다. 특히 서부 영화는 두려움의 정치학을 통해서 인디언과 같은 타자들의 위협과 이를 물리치는 영웅 신화의 구축을 보수주의적인 관점에서 전유專有하고 있다. 앨런 르메이Alan LeMay의 소설 『수색자』(*The Searchers*)를 1956년에 영화화한 존 포드John Ford 감독의 영화 『수색자』(*The Searchers*)는 두려움과 위협에 맞서는 개척자들을 영웅적 이미지로 재현하면서 보수주의적인 서사를 구축하고 있다.

II

인디언의 위협과 이에 맞서는 주인공을 재현하는 방식에 있어서 기존의 영화와 다르다는 점에서 『수색자』는 '수정주의 서부 영화'revisionist film로 평가된다. 이전의 서부 영화에서 인디언은 이름도 얼굴도 없는 악당들로만 묘사되었는데, 『수색자』에서는 이들에게 이름과 목소리가 주어진다. 예를 들어 악당의 역할을 하는 인디언 추장인 스카Scar는 백인들에게 식구를 잃고 복수심 때문에 백인들을 무자비하게 죽이지만 그들이 자신들의 땅을 빼앗고, 가족들을 죽였기 때문에, 자신의 보복 행위는 정당하다고 항변한다. 또 주인공과 동행하는 젊은이 마틴Martin을 따라다니는 인디언 처녀 룩Look의 유머러스한 모습에서 우리는 인디언들의 친근한 모습을 발견하게 된다. 그리고 백인 기병대의 공격을 받아 몰살된 인디언 마을과 인디언 처녀의 죽음의 장면이 제시되는데, 이러한 장면을 보면 존 포드 감독이 인디언의 잔인한 모습만이 아니라 백인들의 잔인한 모습도 함께 보여주면서 서부 개척의 역사를 객관적으로 들려주는 것처럼 보인다.

또 이 작품은 선과 악의 구도로 짜인 백인과 인디언의 이분법적 대립의 축을 구축하지만, 일방적으로 인디언들을 용감하게 무찌르는 백인 영웅을 제시하지는 않는다. 주인공 이튼은 악당들을 용감하게 무찌르는 정의의 사도가 아니다. 오히려 그는 고전적 서부 영웅의 이상을 보여주는 조지 스티븐스George Stevens 감독의 『셰인』(*Shane*, 1953)같은 영화의 주인공이 아니라 복수심과 인종적 편견에 가득 차 있고, 감정적으로 자기 분열에 빠져있는 자기 모순적이고 복합적인 심리를 지닌 인물이다. 이는 존 포드 자신이 명명한 바와 같이 이 영화를 단순한 서부 영화와는 달리 '심리적 서사시'psychological epic로 만들고자 의도했기 때문이다(Stern 48). 하지만 그의 수정주의적인 모습에 대한 강조가 포드의 영화가 보수주의적인 사고방식에서 이탈해 있다는 것을 의미하지는 않는다. 그의 인물 재현이 평면적인 것이 아니고 좀 더 복잡한 모습을 띤다고 해서 그의 가치관과 세계관이 바뀐 것은 아니기 때문이다.

포드의 수정주의적인 모습을 진보적인 경향으로 해석하는 사람들은 그가 반미행동위원회의 조사과정에서 보여준 동료들에 대한 옹호와 1930년대의 대공황기에 대한 관심, 그리고 인디언들에 대한 호의적인 태도를 그 근거로 자주 지적한다. 포드는 전후의 반공주의 분위기에서 많은 영화인들이 공산주의자들로 의심받는 처지에 놓이게 되자 감독회의에서 협회장인 조셉 맹키비츠를 공격하는 매카시주의자들에게 "나는 존 포드요. 나는 서부극을 만듭니다."라고 외치면서 동료 영화인들을 적극적으로 옹호했다(슈뢰더 64). 이런 유명한 일화와 더불어 자본주의의 모순이 폭발하는 대공황기를 다룬 그의 영화 『분노의 포도』(*The Grapes of Wrath*, 1940)는 좌파 작가인 존 스타인벡의 소설을 영화한 것이다. 또 그의 작품에는 인디언들에게 호의적인 장면들이 자주 나온다. 가령, 『샤이안』(*Cheyenne Autumn*, 1964) 같은 후기작에서 포드는 황량한 보호구역에 갇힌 인디언들이 고난과 위험을 무릅쓰고 1500마일을 이동하여 자신들의 고향으로 돌아가는 긴 여정을 동정적인 태도로 바라보고 있다. 그래서 토마스 샤츠Thomas Schatz는 포드가 인디언들을 백인들의 문명과 병치되는 다른 문명의 창시자로 그리고 있으며, 기존의 비인간적인 인디언 묘사와는 다른 모습을 보여줌으로써 웨스턴의 전통을 근본적으로 변화시켰다고 말한다(123). 이러한 포드의 모습은 그의 정치적 입장이 좌파적인 색채를 강하게 지니고 있는 것이 아닌가 하는 의구심을 불러일으키고, 이를 그의 수정주의 서부영화 해석에 연결시키는 경향이 있다. 하지만 슈뢰더가 그의 입장을 "보수적 이상주의자"(62)라고 지적한 것은 그에 대한 해석의 혼란을 해결하는데 적절한 표현이 될 것이다. 그의 보수적 입장은 이상주의적 태도에 기초해 있다. 그는 백인과 인디언들이 하나의 조화로운 공동체를 이루면서 살기를 원했다. 인디언들이 미국이라는 용광로에 용해되어 백인 문화를 받아들이고 적응하면서 살기를 원했고, 이런 관점에서 그는 인디언들을 미국시민으로서 대해야 한다는 동화주의자였다. 또 백인의 관점에서 그는 초기작인 『철마』(*Iron Horse*, 1924) 이래로 백인 중심의 팽창주의적인 서부 개척사와 그 속에서 드러나는 보수적 영웅상을 예찬하고 있다.

그렇다면 『수색자』에서 드러난 분열적인 백인의 모습과 인디언의 목소리를 보여주는 것과 같은 포드의 객관적 태도가 사실은 서부의 역사에 대한 백인중심의 전유專有의 과정이라는 것을 알 수 있다. 그런 의미에서 헨리 브랜든Henry Branden이라는 백인 배우가 스카의 역할을 연기한다는 사실은 매우 중요한 의미를 지닌다. 인디언의 역할을 인디언 배우가 맡지 못하고 백인 배우가 한다는 것은 스카의 역할이 백인들에게 이해된 인디언의 역할이지, 인디언의 목소리를 대변하는 역할은 아니기 때문이다. 존 포드의 다른 영화에서도 인디언 추장과 같은 중요인물들은 대부분 백인이 연기했다. 이러한 과정은 여성과 흑인의 역할을 남성과 백인이 담당했던 과거의 연극 무대처럼, 서부 개척사에 대한 백인 중심의 전유의 과정으로서 인디언들의 목소리를 봉쇄적으로 구성하는 서사 전략인 셈이다. 존 벨튼John Belton은 할리우드 서부 영화에서 대사를 말하는 인디언 배역의 대다수는 백인 배우가 맡았다는 사실을 지적하면서, 이러한 현상은 인디언이라는 존재가 백인 프론티어 사회의 두려움과 욕망이 투사된 존재라는 것을 보여주는 예라고 지적한다(218). 인디언들에게 목소리와 형상을 주었을 때, 그 목소리와 형상은 백인의 서부 개척사의 약탈적 성격과 명백한 운명의 허위성을 드러내고, 인디언들의 목소리에 독자적인 힘을 갖게 할 위험한 요소가 된다. 하지만 인디언들의 목소리를 백인 배우를 통해서 재현하게 될 때, 이러한 위험은 제거될 수 있다. 영화 속의 인디언의 모습과 목소리가 아무리 강렬하다 해도 그것은 백인 배우의 모습이지 인디언의 모습은 아니기 때문이다.

백인의 관점에서 인디언들의 목소리가 위협의 목소리로 재현된 사실은 영화에서 스카가 전형적인 악당의 역할을 수행하고 있는 사실을 통해서 여지없이 드러난다. 마을을 습격해서 양민들을 학살하고, 여자들을 강간하고 죽이거나 끌고 가는 행위는 전형적인 무자비한 악당들의 행위이다. 주인공 이튼이 아무리 인디언에 대한 증오심이 강하다 하더라도, 그는 양민을 학살하거나, 여성을 강간하지 않는다. "양민을 학살하고 여성을 강간하거나 차지하는 행위"는 그 인물이 단순히 감정적인 오류에 빠져 있거나, 편견으로 인해 저지를 수 있는 오류가 아니다. 그런 장면은 모호하게 처리되어 있는데, 존 포드 감독은 인디언의 잔인함이나 성적인 장면을 처리할 때, 화면상에서 클로즈업해서 보여주기보다는, 대화를 통하거나 모호하게 처리하는 방법을 사용한다(Cowie 131).[1] 하지만 영화에서 이를 암시하는 대사와 분위기, 그리고 유행했던 인디언 포로 담론 등을 통해서 그 장면의 본질적인 의미를 추정하는 것이 가능하다. 반면에, 르 메이의 소설 『수색자』는 성적인 문제보다는 인디언의 잔인함만을 강조하고 있다. 가령 소설 속의 인디언들은 마싸를 죽인 후 토막을 내어서 여기저기 시체의 부분들을 뿌려놓은 모습으로 나타나며, 마틴은 이러한 시신들을 수습해서 묻어주는 역할을 하는데 반해서(Le May 21-22), 존 포드의 영화 『수색자』는 성적인 부분을 적극적으로 이용하고 있다.

토마스 샤츠 같은 비평가가 포드의 『수색자』를 논평하면서 주인공과 스카의 유사성을 강조하는 해석(124-25)을 하는데, 이는 작품의 인물 분석을 할 때 흔히 사용되는 방법이다. 그렇다고 이 영화가 스카의 목소리에도 백인 주인공의 그것과 동일한 무게를 실어주고 있다는 의미는 아니다. 스카의 행위는 전형적인 악인의 행위 그 자체로 존 포드 감독에 의해 재현되고 있기 때문이다. 사이드 필드Syd Field는 "행위는 인물이다. 사람은 그가 말하는 것으로 드러나는 것이 아니다. 그 사람의 행동이 그 사람"이라고 주장한다(쟈네티 343). 그렇다면 스카로 대변되는 저항적인 인디언들의 말이 중요한 것이 아니라, 그들의 행동이 그들을 정의로운지 그렇지 않은지를 평가하는 기준이 되는 것이다. 스카가 수행하는 역할은 강인하고 용감한 전사의 역할이기는 하지만, 전형적인 악인의 행위를 하는 역할이다. 영화는 인디언에 대한 공감보다는 그 잔인함을 강조하고 있는데, 특히 인디언의 습격을 받아 폐허가 된 이튼의 동생 집 장면은 충격적이다. 주인공의 전 애인이며, 이제는 동생의 아내가 된 마싸Martha는 강간당하고 살해되고, 남자아이는 살해되고, 큰 딸인 루시Lucy와 작은 딸인 데비Debbie는 납치당한다. 나중에 루시는 인디언들에게 강간당하고 살해되는데, 이러한 영화의 내용 전개는 우리에게 평화로운 가정을 파괴하는 위협적 존재로서의 인디언의 모습을 보여준다.

보수적인 역사 해석에서 인디언들은 프런티어 공동체를 파괴하고, 여자들을 납치해 강간하고 살해하는 위협적인 타자로 재현되어 있다. 인디언의 목소리를 위협의 목소리로 재현하는 영화의 봉쇄적인 구성은 이 영화의 서사 구조, 즉 "여자를 구하러 가는 이야기 구조" 자체에 존재한다. 이 영화의 서사는 "인디언 포로 담론"Indian Captivity Narrative을 백인의 관점에서 전유하고 있다. 인디언 포로 담론은 개척시대부터 있어 왔던 이야기로서, 인디언들에게 잡혀가 순결을 잃고 인디언의 여자가 되어버린 여성들을 타락한 여성들로 그리고 있다. 이 담론은 인디언들을 백인 여성을 타락시키는 존재로 부각시킨다는 점에서 성의 정치학을 적극적으로 이용하고 있다.

성적인 문제를 정치적인 형태로 제시하는 것은 옛날부터 자주 사용되어 온 수법이다. 이 영화에서 데비가 잡혀가서 스카의 첩이 된 것이나, 데비의 언니인 루씨가 강간당한 후 죽음을 당한 장면은 아름다운 백인 여인들이 야만적인 인디언의 성적 노예가 되어버렸다는 사실을 보여주는데, 인디언 포로담론은 이를 통해서 혈통의 순결성이 훼손되는 것에 대한 두려움과 인디언들의 야만적인 위협을 강조하고 있다. 보수주의 서사는 위협적인 적들에 대한 대중의 두려움을 자극하는 서사구조를 선호한다. 월프A. B. Wolfe에 따르면, 보수주의적 심리현상의 근본은 "안전에 대한 욕구"나 변화나 미지의 것에 대한 공포감에서 출발한다(이봉희 28 재인용). 실제로 보수주의 정치가인 닉슨 대통령은 "사람들은 사랑이 아닌 공포에 반응한다. 주일학교에서는 그것을 가르치지 않는다. 그러나 그것은 사실이다."라고 말했는데(글래스너 32), 닉슨의 이 말은 정치적 전략으로 자주 채택되고 활용되어 왔다. 이 작품 역시 이러한 두려움을 인디언들에게 투사시켜, 인디언들을 멜로드라마적인 이분법적 도식 속에서 위협적인 적으로 재현해 내고 있다.

인디언 포로 담론은 순결에 대한 집착과 타자에 대한 두려움을 보여주는 동시에 동화의 문제를 성적인 관점에서 다룬다. 실제로 포드는 순결성을 잃어버리고 인디언에게 동화된 여성을 어떻게 취급하고 있는지를 이튼의 눈을 통해서 분명하게 보여준다. 주인공과의 로맨틱한 결말을 강조하는 르 메이의 소설 『수색자』에서는 데비가 아직 스카의 부인이 되지 않았고, 순결을 잃지 않은 것으로 나오도록 이야기를 설정하였다. 하지만 포드는 영화 『수색자』에서 순결을 잃어버린 조카를 분노의 눈으로 바라보는 이튼의 모습을 생생하게 보여준다. 이튼은 인디언 삶에 동화된 데비를 용서할 것인지 처벌할 것인지를 고민하면서, 그녀가 스카의 부인이 된 것을 보고는 그녀를 죽이려 한다. 그런데 이러한 이튼의 생각에는 다소 모순적인 면이 있다. 인디언 신부에 관한 일화에서 알 수 있듯이, 마틴이 모자를 주고 담요를 사는 거래 과정에서, 인디언의 풍습에 따라서 담요를 가진 여성을 신부로 얻게 되자, 이튼은 농담을 하면서 웃어넘긴다. 그의 태도에는 어떠한 적대적인 감정이나 분노의 징후는 없다. 백인이 인디언의 여자가 되었을 때 보여준 그의 분노와 광기는 백인이 인디언 여자를 얻었을 때는 전혀 나타나지 않는다.

이러한 성의 정체성에 대한 생각은 오래전부터 내려오던 혈통의 순수성을 유지하려는 가부장제 남성들의 사고방식에서 크게 벗어나지 않는다. 이러한 사고방식은 인디언들을 동화시키려는 미국인들의 정책과도 크게 어긋나지 않음은 물론이다. 더 자세하게 말을 하면, 인디언 여성을 데려오는 것은 가부장제 관점에서 보면 여성을 백인 쪽으로 동화시키는 효과가 있지만, 백인 여성이 인디언 여자가 되는 것은 이교도화가 되는 과정으로서 타락의 과정이다. 제이니 플레이스는 기독교적인 문화에서 백인 남성이 흑인 여성을 임신시키는 것은 허용하면서도, 흑인이 백인 여성을 임신시켰을 때 그 흑인 남성을 사살한다는 사실을 지적하면서, 여성이 순결을 잃는다는 것을 단순히 개인적인 차원의 문제가 아니라, 종족의 순수성을 잃어버린 것으로 간주하는 가부장제 문화의 산물로 본다(164, 168). 다시 말하면, 타자를 우리 쪽으로 동화시키지 못하고, 오히려 타자에게 동화되는 것은 용납할 수 없는 것으로 보았다. 또 여성은 서부 영화에서 문명의 상징으로 나오는데, 작품의 종결 부분에 여성이 등장하는 경우에는 이제 마을이 정상적인 문명의 상태로 들어섰음을 의미한다. 그런데 이러한 여성이 타자에게 순결을 잃고, 타자에게 동화되어 버리는 것은 문명의 붕괴를 상징하는 것이다. 동화의 문제를 다룬 세 이야기, 즉 인디언 신부에 관한 일화부터 인디언에 동화되어 미친 것처럼 묘사된 백인 여자들의 이야기, 그리고 스카의 첩이 된 데비를 발견한 이야기 등은 '동화'의 문제를 성의 정치학의 관점에서 다루고 있다.

백인 여성이 인디언에게 동화될 수도 있지만, 서부 개척사에서 동화 정책은 과거 서부 개척 과정에서 서구식 교육을 시키거나 인디언들의 종교 의식인 '고우스트 댄스'ghost dance를 금지시키는 것과 같이 백인 문화에 동화시키려는 형태로 나타났다. 하지만 이런 동화 정책은 이에 저항하는 사람들과의 갈등과 폭력을 필연적으로 수반하는데, 이때 동화 정책을 거부하는 인디언은 포드에 의해 문명의 위협으로 그려지고 있다. 식민화하는 편과 식민화 당하는 편 사이에는 조화로운 동화의 과정보다는 폭력에 기초한 적대감과 복수심이 자주 나타난다.

그런데 적대감과 복수심이야말로 위협적인 세력과 이에 맞서 싸우는 주인공의 정체성을 이해하는 데 핵심적인 역할을 한다. 주인공 이튼을 이해한다는 것은 이튼의 어두운 면인 스카를 이해하는 것인데, 두 인물의 팽팽한 대립관계에서 중요한 것은 복수심이다. 윌 라이트Will Wright는 서부 영화의 변화 과정에서 고전적인 서부 영화의 이야기 구조가 유행한 이후, 복수를 둘러싼 이야기의 변형이 나타난다고 말한다(59). 적에 대한 복수의 플롯과 복수심에 가득 찬 복합적인 심리를 가진 주인공에 대한 강조가 이 이야기를 수정주의적인 서부 영화로 간주하게 되는 가장 큰 이유 가운데 하나이기도 하다. 분노와 복수심에 사로잡혀 백인들을 죽이는 스카의 모습은 이튼이 이미 죽어 있는 인디언을 향해 총을 쏘거나, 전투장면에서 도망치는 인디언들에게 계속 총을 쏴대고, 들소 사냥 장면에서 들소들이 인디언들의 식량이라면서 마구 쏴 죽이려는 이튼의 모습과 별로 다르지 않다. 이 장면들에서 존 포드는 편집증에 사로잡혀 있을 뿐만 아니라 분노에 가득 찬 주인공 이튼의 모습을 강조하고 있다. 복수심에 둘러싸인 두 인물, 이튼과 스카는 서부 영화를 통해서 제시된 미국의 보수주의 영웅과 위협적인 타자에 대한 표상이다.

복수심에 가득 찬 강인한 주인공의 모습은 포드가 르 메이의 소설을 변형시키는 과정에서 가장 크게 부각시킨 부분이다. 포드의 『수색자』는 원작이 지닌 감상적인 멜로드라마적 요소를 서부 영화의 전형적인 틀 안에서 크게 변형시켰다. 그 변형과정을 통해서 멜로드라마적인 주인공은 고독한 서부 영웅의 모습으로 바뀐다. 존 웨인으로 대변되는 보수주의 영웅의 이미지는 영화에서 이튼Ethan이라는 강인하고 고독하며 복수심에 가득 찬 인물을 통해서 확연하게 드러난다. 이는 르 메이 소설의 주인공이 다정다감한 성격의 소유자인 마틴Martin인 것에 비하면 상당히 파격적이다. 이러한 각색은 원작에 대한 종속이나 기생하는 차원을 벗어나, 존 포드의 원작에 대한 비평적인 읽기의 결과로 볼 수 있다. 따라서 존 포드의 원작에 대한 영화적 변환이나 치환의 결과는 보수적인 영웅과 위협적인 타자에 대한 강조로 확연하게 나타난다. 르 메이 소설에서의 감상적이고 다정다감한 남성 주인공은 리버럴한 영웅이 될 수는 있지만, 거친 환경의 위협에 맞서 싸우는 서부의 사나이를 예찬하는 보수주의의 영웅상은 정녕 아니기 때문이다.

동양의 보수주의적 인간상이 공동체와 조화를 이루고, 국가(군주)에게 절대적으로 충성하고, 기존의 사회질서에 순종하는 것이라면 미국의 보수주의적 인간상은 이와 거리가 멀다. 그것은 서부 개척을 통해서 얻어진 개인주의적이고 강인한 속성을 지닌 양상으로 나타나기 때문이다. 또 개척자들은 서부 개척의 과정에서 부딪치는 여러 어려움을 혼자의 힘으로 해결해야 하며, 위협적인 환경에 맞서기 위해서 강해져야만 했다.

르 메이의 소설 『수색자』에 대한 존 포드의 비평적 읽기는 멜로드라마적인 서사를 보수주의적인 영웅서사로 대체하는 과정이다. 르 메이의 소설에서 주인공인 마틴은 어린 시절의 정신적 외상 때문에 악몽에 시달리면서, 고통을 받을 뿐만 아니라 심리적으로도 나약한 인물이다. 실제로 소설에서 마틴은 인디언이 내는 다양한 소리나 바람 소리가 들릴 때마다, 과거의 두려움에 사로잡히며, 이러한 두려움은 악몽으로 되돌아온다. 또 소설의 구조도 마틴이 인디언들로부터 데비Debbi를 구해내는 과정을 통해서 자신의 나약함을 극복하고 조금씩 성장해가는 내용에 초점을 맞추고 있다. 정신적인 외상이 르 메이의 소설의 핵심적인 요소가 되는데 반해, 존 포드의 영화는 복수심에 가득 찬 이튼의 복합적 심리와 행동에 초점을 맞춘다. 영화는 이튼을 주인공으로 내세우는데, 이튼의 소설판 인물인 에이머스Amos가 결혼을 한 상태인데 반해서, 영화 속의 이튼은 과거에 연인이었던 마싸Martha와 헤어져서 전쟁터를 전전할 뿐 아니라 현재에도 결혼을 하지 않은 상태이다. 강인한 남성성을 필요로 하는 서부의 인물에게, 여성은 서부의 영웅을 나약하게 만들고 결단하지 못하게 만드는 덫과 같은 존재이다. 소설의 종결 부분은 마틴이 데비를 구해낸 뒤, 그녀와 사랑이 맺어지는 감상적인 멜로드라마의 결말로 끝을 맺고, 에이머스는 집으로 되돌아간다. 이에 반해, 존 포드의 영화에서 이튼은 다시 서부를 향해 홀로 떠나는데, 이러한 서로 다른 종결 부분을 통해서 알 수 있는 것은 포드 감독이 멜로드라마의 행복한 결말보다는 서부 영화의 신화적 이야기 구조의 인물상을 강조하여 보여준다는 점이다.

강력한 '힘'force을 지닌 자로서 고독하고 개인주의적인 서부의 영웅은 보수주의자들의 이상이다. 이러한 영웅의 모습은 이튼의 역을 담당한 존 웨인John Wayne을 통해서 잘 드러난다. 존 웨인의 영화에서 그의 페르소나persona는 강인하고, 거칠고, 심각한 도덕적 문제와 싸우는 불완전한 어른들의 우상의 모습으로서, 시대가 변화해도 변하지 않은 채로 그 곳에 남아있는 이미지를 보여준다(Stern 47). 돈 시겔Don Sigel 감독의 작품인 『최후의 총잡이』(*The Shootist*, 1976)는 이러한 그의 이미지를 여지없이 잘 보여준다. 이 작품은 서부 영화는 죽었다고 선언된 1970년대에 나왔다. 주인공 존 바나드 북스John Bernard Books는 총잡이들의 시대가 사라져가는 끝자락에 노쇠한 총잡이로서 암에 걸려 죽음을 눈앞에 두고 있지만 마지막 결투의 기회가 다가오자 기꺼이 이에 응한다. 이와 같이 세상은 변했지만 변하지 않는 고집스러운 이미지, 그래서 변화하는 세상에 적응하지 못하고 쓸쓸히 망각되어져야 하는 인물의 이미지는 보수주의자들에게 자신들의 모습을 상기시켰다. 1960년대 이후의 미국 사회는 부드럽고 이해심 많은 남성과 페미니스트 여성들이 가져온 시대 변화 속에서 50년대의 강하고 개인주의적이며, 때로는 주위로부터 이해받지 못하는 고독한 남성성을 잃어버렸다. 오히려 50년대 존 웨인 영화의 주인공과 인물들은 사회의 변화 속에서 적응하지 못하고 과거에 고정된, 시대착오적이고 구태의연한 인물로 비춰졌다.

그러나 미국의 보수주의자들은 1980년대의 레이건 집권기에 이러한 이미지를 되살려냈다. 존 웨인의 페르소나가 그대로 드러나는 이튼의 표상은 개인주의적 영웅으로, 황야의 거친 환경과 인디언들의 위협 속에 맞서 살아남기 위해서 강인한 힘과 의지를 지닌 서부의 개척자들을 대변한다. "남성적 자아의 목적은 모든 위협을 통제하는 것"이며, 자아 정체성을 유지하기 위해 "자아는 외부적 공격을 격퇴할 뿐만 아니라, 내부로부터의 반역도 제압하는" 것이 이상적인 남성상이라면 이튼은 이러한 남성적 자아의 이상적 모델로서 손색이 없는 인물이다(Easthope 39-40). 자아와 사회를 위협하는 외부의 적인 인디언(공산주의자)과 내부의 적인 나약함(자유주의자들)을 통제할 수 있는 남성이, 1950년대의 이상적인 강인한 남성으로 보수주의자들에게는 비춰졌다. 서부의 남성 영웅은 서부의 황야와 같은 외부의 혼란스러운 공간뿐만 아니라, 우유부단함이나 무능력함과 같은 내부의 혼란스러움 역시 극복해야 하는데, 이런 그에게 내·외부의 적에게 굴복한다는 것은 결코 용납되지 않는 것이었다. 실제로 이튼의 "난 패배를 믿지 않아"(Don't believe in surrenders)라는 말에서 알 수 있듯이, 그는 자신이 속한 남부의 패배를 인정하지 않았고, 그래서 항복 조인식에 참석하지 않았을 뿐만 아니라, 남북 전쟁이 끝난 지 3년이 지난 후에도 여전히 남군 복장을 하고 있다. 고집스럽게 자신의 믿음과 삶의 방식에 집착하는 그의 모습은 『수색자』의 주된 내용인 수색과 복수에의 집착에 잘 드러난다. 그의 이러한 끈질긴 집착이야말로 텍사스인으로 상징되는 서부인들이 위협적인 환경, 즉 거친 황야에서 살아남기 위해서 필요한 덕목이었다.

복수에 대한 집착과 이에 기초한 추적과 탐색의 과정은 이 작품의 이야기를 이끌어가는 원동력이다. 이 말은 이 영화가 복수에 대한 편집증적 집착 때문에 스카의 무리들을 수색하는 표면적 내용 이외에, 정체성(미국적 정체성)을 찾아가는 긴 여정을 잘 보여주고 있는 것으로도 해석될 수 있다. 추적의 진행 과정에서 광대한 미국적 풍경을 반복적으로 보여주는 것도 미국적 정체성에 대한 탐색과정으로 볼 수 있다. 이 영화는 마뉴먼트 밸리의 장관뿐 아니라, 눈 덮인 광야를 두 주인공이 지나가는 장면이나 움직이는 들소 떼를 사냥하는 장면 등을 자주 보여 준다. 이는 『수색자』가 단순히 총싸움하는 영화가 아니라, 광대한 미국적인 삶과 그 속에서 위협적인 환경과 싸워나가는 인물들을 보여주면서 그 과정에서 미국적 정체성을 보여주기 위한 것이다. 이러한 추적과 탐색의 과정은 우리에게 이튼으로 대변되는 서부 영웅과 위협의 대상을 이해하는 데 도움을 준다. 우리는 이튼과 스카를 조금씩 이해하게 되고, 그들의 갈등과 분노를 엿볼 수 있으며, 이 과정에서 미국의 역사적 과업인 문명의 빛을 황량한 서부에 가져다준다는 "명백한 운명"Manifest Destiny의 의미와 그 속에 재현된 위협적 타자로서의 인디언의 의미를 알 수 있다.

『수색자』는 이튼과 마틴이라는 두 인물의 긴 여정을 통해서 개척자들이 다양한 위협으로부터 어떻게 오늘의 미국을 만들었는지를 보여준다. 특히 이 영화가 그 배경을 1868년의 텍사스로 정한 것은 무로부터 유를 창조해낸다는 미국적 신화를 강조하기 위한 것이다. 텍사스의 풍경은 마뉴먼트 밸리Monument Valley로 대변되는 광활하고 황량한 비정형의 공간으로서, 그 자체가 인간 삶을 위협하는 공간이다. 마뉴먼트 밸리는 실제로 텍사스 주에 있는 장소가 아니라 유타 주와 애리조나 주에 걸쳐있는 지역으로, 존 포드 감독은 아홉 편의 영화에서 이곳을 배경으로 삼았다. 그렇다면 이는 단순한 차원의 공간적 의미를 넘어서 상징적 의미를 지니고 있음을 말해

준다. 이곳은 감독이 비정형의 황량한 공간으로서 서부를 재현하고자 원했던 상상의 서부이면서 동시에 무로부터 유를 만들어내는 미국적인 신화를 강조하기 위한 공간으로 볼 수 있기 때문이다. 또 그 공간의 광활함과 황폐함은 인간의 왜소함과 무력감을 대조적으로 돋보이게 만든다. 존 포드 감독은 로케이션 슈팅location shooting과 롱 샷long shot의 선구자인데, 이러한 촬영기법은 방대하고 거친 자연과 이에 맞서는 인간을 그려내기에 적합한 것이다. 방대하고 거칠며 비정형적인 자연은 인간의 삶을 위협하는 공간이며, 이 위협의 공간에 질서를 잡아가야 하는 인간은 시련을 견디는 인내와 삶에 대한 강인한 의지를 갖지 않고서는 아무것도 이룰 수가 없다. 제이니 플레이스Janey Place가 마뉴먼트 밸리에서 모든 미덕은 인간이 만든 것이며, 땅이나 자연이 가져다 준 은총이나 혜택은 거의 없다고 말한 것도 그 때문이다(171).

이 영화의 배경이 텍사스로 설정되어 있다는 것은 의미심장하다. 추적의 과정에서 죽은 아들에 대해 이야기하는 요르겐손Jorgenson 부인의 말은 텍사스가 지니는 의미를 잘 드러내고 있다. 황무지로 제시되는 텍사스를 오늘날의 살기 좋은 땅으로 만들기 위해서 필요한 것은 자연과의 싸움뿐 아니라, 위협적인 인디언들과의 싸움이며, 이 과정에서 희생이 필요하다는 요르겐손 부인의 말은 외부의 위협과 이에 맞서 싸우는 텍사스인의 운명을 잘 드러내 준다.

텍사스라는 장소는 역사적으로 멕시코와의 전쟁으로부터 얻어진 공간이다. 그 쟁탈전의 와중에서 미국인들의 팽창주의적인 영웅신화를 뒷받침해주는 '명백한 운명'Manifest Destiny의 이야기가 만들어진다. 텍사스 개척에서 나타나듯이, 보수주의적인 서사에서 미국적인 삶을 구성하는 핵심적인 내용 중의 하나는 미국을 개척자들의 나라로 간주한다는 것이다. 보수주의 정치학자인 사무엘 헌팅턴Samuel Huntington은 미국의 정체성을 논의하는 과정에서 미국이 이민자들의 땅이라는 사실을 거부하면서, 개척자들의 땀과 노고로 이루어진 땅임을 강조한다. 그는 진보적 자유주의자들을 대변하는 루즈벨트 대통령이 "우리 모두가 이민자들과 혁명자"들의 후손이라고 말한 것에 대해서 거부반응을 나타내면서, 개척자들이 미지의 땅을 개척하며 이룬 역사가 진정한 미국사라고 강조한다(39-40). 갱스터 영화에서는 이민자들의 존재가 핵심적인 요소이지만, 서부 영화에서는 서부를 개척해 가는 개척자들의 존재가 핵심적인 이미지를 이룬다. 『대부』(*The Godfather*, 1972) 1부에서 영화의 시작은 미국에 이민 온 이태리 사업가가 자신의 딸이 미국인 애인에게 폭행당하고, 강간당한 것을 복수해달라는 내용으로 시작되지만, 『수색자』는 광활한 서부의 풍경과 그 속에 나타나는 서부의 영웅의 장면으로 시작된다.

텍사스로 대변되는 광대한 미국적 풍경은 개척자들이 헤쳐 나가야 했던 위협적인 삶의 조건을 상기시켜주며, 이러한 위협적인 자연 조건 아래서 악당들의 위협의 서사가 이어진다. 그런데 이러한 위협적인 세계에서 문명과 정의를 실현하는 길은 공동체를 지켜낼 헌신적인 영웅들의 노력이다. 비록 서부의 영웅들은 고독한 존재이지만, 이들의 삶을 이어갈 후계자가 필요하다. 주인공을 이어갈 존재들은 아들과 같은 존재로서, 이들은 아버지와 같은 존재로부터 서부의 삶을 배우고, 그 과정에서 아버지와 같은 존재를 위기에서 구하고, 마침내 친구가 된다. 이러한 종류의 서사가 1980년대의 보수주의 집권기에 자주 다루어졌다고 수잔 제퍼드는 지적하고 있는데(99-101), 사실 이러한 내용은 서부 영화에서의 전형적인 이야기 전개 방식 중의 하나이다.

서부 영화에서 중요한 관계는 남녀 간의 로맨틱한 관계가 아니라,

거친 남성들 간의 유대 관계이다. 이때 남성들 간의 관계는 적과 친구의 관계이다. 이 세계는 친구와 적들로 이루어져 있으며, 중립적인 영역을 찾으려는 시도는 실패할 것이라고 보수주의 이론가인 슈미트는 지적한다(박성래 137). 실제로 전쟁영화, 갱스터 영화, 그리고 서부 영화 같은 남성적인 장르 영화에서 세계는 적과 친구들로 구성되어 있다. 이러한 장르들에서 세계는 위험한 장소이며, 적들의 위협으로 가득 차 있고, 이 적대적인 세계에서 주인공은 자신과 가족, 그리고 자신이 속한 사회를 지키기 위해서 친구나 후계자를 필요로 하는데, 이때 친구나 후계자는 주로 같은 남성들이다.

『수색자』에서도 풋내기 마틴은 수색의 과정을 이튼과 함께하면서 그를 닮아가며, 이 과정을 통해서 이튼이 보여주는 보수주의적인 가치—강인하고 개인주의적인 미국적 정체성—를 획득한다. 존 벨튼John Belton은 서부 영화의 주제 중의 하나가, 풋내기를 가르쳐서 진정한 서부 사나이로 키워내는 것이라고 말한다(213). 풋내기와 그의 스승 사이에는 정신적인 부자 관계가 성립한다. 아버지와 갈등을 일으키는 아들이 결국은 아버지와 같은 인물이 되어간다는 이야기는 아버지의 표상을 아들이 받아들인다는 의미가 되는데, 이러한 모습은 『수색자』의 경우에도 잘 드러난다. 마틴은 작품 초기에는 감정에 사로잡혀 있으며 이튼과 자주 충돌하며, 이튼도 그를 못마땅하게 생각한다. 그는 아직 서부의 거친 현실에서 살아남기에 부족한 면이 너무 많기 때문에, 그가 진정한 서부의 영웅이 되기 위해서는 집을 떠나 거친 황야에서 자신을 단련시키는 과정이 반드시 필요하다.

서부는 그 거주자들에게 시련을 통해서 미국인으로서의 국민적 성격을 얻게 해주는 단련의 장소로 작용하며(O'Connor 4), 이러한 단련을 통해서 서부인들은 진정한 미국인으로 재탄생한다. 이튼은 이러한 단련 과정을 이미 거쳤고, 마틴은 조카를 구하러 가는 과정을 통해서 동일한 경험을 하게 되며, 작품이 끝날 무렵 마틴은 이튼의 모습을 닮아간다. 그래서 작품 초기에 마틴을 인정하지 않던 이튼은 나중에 그를 인정하게 된다. 작품 초기에 조카인 마틴이 '엉클'uncle이라고 부르자, "날 엉클이라 부르지 마, 난 너의 엉클이 아냐"(Don't call me Uncle. I ain't your Uncle.)라고 이튼은 대답하는데, 이 말은 마틴을 후계자로 인정할 수 없다는 비유적 표현이기도 하다. 나중에 마틴은 이튼이 독화살을 맞고 죽음의 위기에 처했을 때 그를 구해주는데, 이때 이튼은 자신이 죽게 되면 자신이 갖고 있는 모든 것을 마틴에게 주겠다는 유언장을 받아쓰게 한다. 이는 이튼이 마틴을 자신의 상징적 후계자로 인정을 한다는 점을 보여주는 것이다.

이러한 모습은 다른 감독의 영화에서도 반복적으로 나타나는데, 존 웨인이 나오는 하워드 혹스Howard Hawks 감독의 『레드 리버』(*Red River*, 1948)도 남자들 사이의 관계, 즉 부자 관계를 다루고 있다. 이 영화에서 주인공은 젊은 시절에 인디언에게 애인을 잃고, 역시 인디언에게 가족을 잃은 아이를 아들로 삼게 된다. 앤쏘니 이스트호프Anthony Easthope는 이 영화가 "여성을 통하지 않고 얻게 된 아들"과의 갈등 관계를 통해서 프로이드의 부자 간의 관계를 보여주고 있다고 말하는데(19-20), 이러한 관계는 『수색자』의 경우에도 잘 적용된다.

하지만 이러한 단련의 과정에서 사람들은 종종 도덕적인 길을 벗어나기도 하는데, 주인공의 고립적인 태도와 복수에 대한 광적인 집착은 자칫하면 그를 파괴적인 상태로 이끌 수 있다. 복수심은 주인공 이튼과 그의 대적자인 스카에서 공통적으로 나타나는 요소이며, 어느 누구나 선과 악 어느 쪽으로도 이끌고 갈 수 있다. 스카는 이러한 갈등에서 복수심에 사로잡힌 나머지 어둠의 길을 택했고, 주인공 이튼 역시 선악의 선택의 기로에서 있게 된다. 명확하고 의식적으로 표현하고 있지 않은 경우일지라도 보수주의 담론은 이 세상이 선과 악의 대립구도로 짜여 있으며, 우리는 인생을 통해서 선과 악의 갈등 속에 놓이게 된다고 본다. 이러한 인생의 과정에서 우리는 올바름을 잃지 않아야 하는데, 올바름을 유지하기 위해서는 악에 맞서기에 충분할 만큼 강해야 한다. 하지만 인간은 아담과 이브의 원죄에서 나타나듯이 의지가 강하지 못하기 때문에, 강한 인간이 되기 위해서는 자제력과 극기를 통한 도덕적 힘을 지녀야 한다고 조지 레이커프 George Lakoff는 지적한다(73).

진정한 서부의 영웅이 되려면 외적인 강인함도 중요하지만 내부의 위협, 즉 악으로부터의 유혹을 통제하는 것이 더욱 중요하다. 이튼의 복수와 집착은 그 정당성을 부여받기 위해서 극단적인 행위들은 적절하게 통제되어야 한다. 이 작품에서 위협의 대상을 제거하는 방식에 있어서 그는 자신의 사적인 이해관계를 초월하여, 정의의 이름으로 적들을 제거할 필요가 있기 때문이다. 영화의 작은 부분들은 주인공이 개인적인 이유 때문에 인종적 편견과 인디언에 대한 증오심을 갖고 있다는 것을 보여주지만, 그 증오심의 원인은 작품의 앞부분에 데비가 인디언을 피해 숨으려고 했던 장소에서 "여기에 코만치에 의해 살해된 메어리 제인이 잠들다"(HERE LIES MARY JANE EDWARDS KILLED BY COMANCHES)라고 써진 묘비에 새겨진 문장을 통해서 드러난다. 묘비에 새겨진 글씨는 이튼의 어머니가 코만치들에 의해 살해되었다는 사실을 보여주며, 사랑했던 여인이 강간당하고 살해된 사실 때문에 그의 증오심은 증폭된다.

선택의 기로에 서 있는 이튼에게 『수색자』의 끝부분은 도덕적으로 위기의 순간이다. 르 메이의 소설에서는 이러한 선택의 기로와 같은 도덕적 갈등의 순간은 존재하지 않고, 마틴이 스카를 쓰러뜨리고 데비를 구해주는 이야기로 마무리 된다. 하지만 존 포드는 영화에서 단순한 복수가 아니라, 도덕적 승리를 보여준다는 점을 강조하기 위해서 두 가지 점에서 세심하게 이야기를 전개하는 서술전략을 구사한다. 첫째는 스카를 죽이는 장면에서, 이튼이 아니라 마틴이 스카를 죽인다는 것이다. 전형적인 서부 영화의 이야기 구조에서, 악의 우두머리는 정의의 주인공에 의해 처단되는 것이 관행이다. 이에 대해 제이니 플레이스Janey Place는 복수의 대가로 스카가 죽어서는 안 된다는 사실을 지적하는데, 복수심에 사로잡힌 주인공이 악의 길로 빠지지 않기 위해서는 마틴이 스카를 죽여야 한다는 것이다(168-69). 둘째는 거의 마지막 장면에서 인디언 마을을 공격하는 과정에서 이튼은 데비와 마주치게 되는데, 이때 그는 "그녀를 처벌할 것인가, 용서할 것인가"하는 결단의 순간에 직면한다. 이 장면에서 이튼은 조카인 데비를 용서하고 받아들이는데, 이러한 용서의 행위는 도덕적 성숙의 계기이며, 증오심을 정의로운 감정으로 승화시키는 순간이다. 『수색자』에서 타자들의 위협을 제거하고 인디언들을 무찌르는 이튼의 행위는 초기의 도덕적 모호함을 벗어나 이러한 승화의 과정을 거쳐서, 확고한 선과 문명을 퍼뜨리는 행위로 발전한다. 존 포드의 영화에 등장하는 이러한 승화의 행위는 내부의 위협이나 유혹으로부터 자신을 지키고, 도덕적 성숙에 이르는 전형적인 보수주의적 내러티브의 핵심이다.[2] 그렇다면 존 포드는 『수색자』에서 타자의 위협과 두려움을 제거하고 질서를 되찾은 개척자들의 영웅적 이미지를 재현함으로써 보수주의적인 서사를 미국적 신화로 만들어 내는 데 성공한 셈이다.

III

미국의 보수주의자들은 1960년대와 1970년대의 자유주의 정권의 집권시기와 그 문화적 현상에 대해 강한 거부감을 나타냈다. 보수주의자들이 보기에 자유주의적인 인간상은 '개인주의적이고, 강인한' 미국인의 모습을 잃어버렸기 때문이다. 블라이Bly는 1950년대를 남성성의 관점에서 설명하면서, 이 시대의 남자를 진정한 남자나 진정한 남성성의 이상으로 보았다. 물론 50년대의 남자들은 다소 독선적이고, 섬세하지 못했지만, 자신의 일을 스스로 개척해 나갔는데, 이러한 강하고 독립적인 남성들이 1960년대와 1970년대의 진보적 자유주의자들의 영향 때문에 나약하고 무기력한 남성으로 변했다고 보았다(1-4). 보수주의자들이 보기에 시민운동과 반문화운동으로 다문화주의적인 사회가 되어버린 미국의 1960년대와 1970년대는 과도한 복지정책과 진보적이고 자유주의적인 교육의 결과, 스스로 문제를 해결해가는 강인한 미국인의 모습을 상실한 시대였다. 또 그들에게 이 시기는 국가와 정부에 의존하는 나약한 개인들을 만들어냈으며, 다문화주의적이고 다인종주의적인 정책 때문에 서부개척자들의 이상으로 상징되는 미국적 정체성을 부정한 시대였다.

그러나 보수주의 귀환의 시기였던 1980년대의 레이건 행정부와 할리우드는 존 포드 감독이 보여준 전통적인 이야기 방식을 복귀시켰다. 레이건은 미국적 정체성이 서부에 있음을 강조하면서, 서부 개척 시대의 "용기 있고, 자립적인 영웅들"과 "삶에 대한 충실성, 도덕성 그리고 민주적 가치"를 받아들일 것을 촉구했다(Murdoch 1). 레이건의 생각처럼 보수주의자들과 보수적 할리우드의 영화 제작자들은 국가적 플롯의 차원에서 뿐만 아니라, 영화적 플롯의 차원에서 악당들의 위협에 굴복하여 요구 조건을 들어주고, 여성이나 어린이 같은 인질들을 구해내는 허약한 이야기 구조를 거부하고, 악당들을 무력으로 무찌르고 인질을 구해내는 전통적인 남성주의적 서사를 되살려 냈다. 보수주의자들은 카터 대통령으로 대변되는 여성화되고 나약해진 자유주의자들이 악당들의 위협에 효과적으로 대처하지 못하고 위협에 굴복하는 무기력함을 보여주고 있다고 비난했다. 따라서 이러한 패배주의적 서사는 레이건 혁명으로 대변되는 보수주의 담론에서는 철저히 배격되어져야 할 것이었다. 서부 영화의 주인공이기도 했던 레이건은 강한 미국의 재건을 외쳤고, 집권 후 그라나다에서 공산주의자들이 쿠데타를 일으켜 미국의 의대생들을 인질로 잡자, 서부 영화의 주인공처럼 이를 무력으로 진압하고 인질들을 구해냈다.

그라나다 사태에 대한 그의 구출행위는 현실적인 행위이면서 동시에 영화적인 행위이기도 했다. 레이건 대통령은 현실적인 보수주의자이면서, 동시에 영화적 상상 속에서 보수주의적인 가치를 실현시킨 인물이기도 했기 때문이다. 그의 이미지는 종종 람보와 레이건을 합성시킨 모습으로 자주 등장한다. 얼굴은 레이건의 모습이지만 강인한 람보의 육체를 갖고 있는 이미지인데, 이는 강한 미국의 이미지를 형상화시킨 것이다. 수잔 제퍼드가 미국적 정체성을 재규정 짓는 시기인 1980년대의 특징을 강인한 정신과 육체를 지닌 '하드바디'로 규정한 것도 그 때문이다(43-46). 이 시기는 자유주의자들의 집권기에 위축되었던 위협에 관한 전통적인 서사가 다시 돌아오고 있는 시기였다. 『다이하드』와 『람보』 같은 하드바디를 지닌 주인공들은 악당들의 위협으로부터 나약해진 미국적 정체성을 재규정했다. 그것의 핵심은 1950년대의 강인한 남성상이었다. 따라서 레이건이나 부시 같은 보수주의자들이 영화 속에서 제시된 정의를 지키는 서부의 개척자나 카우보이라는 표상을 자신들의 역할 모델로 채택한 것은 우연이 아니다. 내・외부의 끊임없는 위협에 대처하여 국가적 힘을 기르고 개인의 정신무장과 훈육을 강화하여 강인한 자신을 만들어 가야 한다는 것이 보수주의 가치관의 핵심 축 가운데 하나이기 때문이다.

Note

1) 이러한 장면을 처리할 때 화면상에서 보여주기보다는 대화를 통하거나 또는 모호하게 처리하는 방법은 그의 다른 작품에 잘 드러난다. 그의 초기작인 『철마』에서 주인공이 어렸을 때 그의 아버지가 인디언들에게 잡혀 소년의 눈앞에서 도끼로 맞아 죽는 장면이 처리될 때, 화면은 이를 직접적으로 보여주지 않으며, 『황색리본을 맨 여자』(*She Wore A Yellow Ribbon*, 1949)에서 인디언들이 산 채로 사람을 불태워 죽일 때, 캡틴 브리틀Captain Brittles이 이를 멀리서 바라보는 형식을 취하고 있다. 이 작품에서 마싸와 로리의 죽음을 처리하는 장면도 이처럼 우회적인 방식을 취하고 있다.

2) 존 포드의 또 다른 영화인 『젊은 날의 링컨』(*Young Mr. Lincoln*, 1939)은 이러한 승화의 과정을 잘 보여주는데, 링컨이 미국의 법이 되어가는 과정에서 필요한 것은 정치 자체를 넘어서는 것이다. 정치에 얽매인 모습으로 링컨이 제시된다는 것은 현실의 이해관계로부터 벗어나지 못했다는 것을 보여준다. 영화는 링컨이 정치가가 되기 이전의 젊은 시절을 보여주면서, 현실이나 정치적인 모습을 제거하면서 승화의 과정에 이른다. 영화는 살인사건을 일으킨 인물이 위증을 하면서, 죄가 없는 인물이 범인으로 몰리고, 그를 교수형에 처하려는 군중들이 폭도로 변하면서, 공동체는 혼란에 빠진다. 악당의 위증에 의해서 마치 대공황기의 혼돈처럼, 공동체는 위협을 받지만, 링컨은 법의 이름으로 이를 해결하고 질서를 가져온다. 서부 영화는 아니지만, 위협적 인물들을 제거하고 법과 질서를 바로잡는다는 생각은 서부 영화의 그것과 흡사하다. 이 때 영화는 현실로부터 초월한 승화의 과정을 밟는다. 공화당이라는 정치적 흔적을 지우고, 사심이 없는 단계에 이르게 됨으로써, 링컨은 미국의 법이라는 보편적인 위치에 오르게 된다. 그러나 실제로 존 포드의 이 영화는 대공황기에 루즈벨트 대통령을 선거에서 떨어뜨리기 위한 정치적 의도를 깔고 있었다고 비판받았다. 공화당의 위대한 대통령 링컨을 법의 이름으로 무질서를 극복하는 표상으로 보여줌으로써, 존 포드 감독은 전통적인 서사

를 다시 내세우면서, 대공황기의 절망과 무질서부터 희망과 질서를 다시 보여주려는 보수주의 서사를 다시 복권시킨다.

6장

해밋의 하드보일드 소설 『마른 남자』와 그 영화화

I

대실 해밋Dashiell Hammet은 탐정소설 역사에 새로운 이정표를 그은 작가이다. 전통적으로 탐정소설은 듀퐁이나 셜록 홈즈 같은 예리한 탐정이 보여주는 논리적 추리에 의해서 살인 사건을 해결하는 이야기 구조를 가지고 있다. 일반적으로 범죄소설은 주로 탐정의 이야기였으며, 살인 사건과 이를 해결하는 탐정의 추리 과정에 초점을 맞춘다. 이러한 이야기는 "누가 범죄를 저질렀는가?"(Who dun it?)에 초점을 맞추고 있으며, 작품의 종결 부분에서 범인이 밝혀지고 사건이 깔끔하게 해결된다. 이러한 서사 구조에서 범죄자는 새로운 범죄를 만들어내는 예술가로, 탐정은 범죄자가 벌여놓은 예술작품을 '깔끔하게' 설명하는 비평가로 비유된다. '깔끔하다'는 것은 논리적인 연역법으로 범인을 추리한다는 것이다. S. S. 반 다인은 1928년 〈아메리칸 매거진〉에 발표한 스무 가지의 까다로운 규칙들을 제시하는데, 이 중에서 "논리적인 연역법에 의한 추리"(5조)와 "이성적이고, 과학적인 추리방식"(14조)을 강조하고 있다(김용언 109-11). 이러한 논리적 이야기 구조에서 핵심은 정원의 평화로움을 깨뜨리는 살인 사건과 이를 해결해가는 탐정들의 논리적인 추리과정이었다.

하지만 대공황기를 배경으로 등장한 대실 해밋, 레이먼드 챈들러 Raymond Chandler, 제임스 M. 케인James M. Cain 같은 새로운 미국의 하드보일드 작가들은 새로운 탐정 이야기를 제시한다. 이들은 거친 세계 속에서 거칠게 살아가는 탐정들의 이야기를 보여주는데, 존 벨튼John Belton은 이러한 탐정들을 '프롤레타리안 터프가이'라는 말로 표현하고 있다(Belton 194-95). 하드보일드 작가인 챈들러는 "살인을 베네치아산 화병에서 꺼내어 복도에 내어놓았다"(챈들러 29)라는 말로 하드보일드 소설의 특징을 표현하고 있다. 복도로 내놓아진 범죄이야기는 1930년대의 거친 미국적 현실을 반영하는 하드보일드 범죄이야기로 각광을 받았다.

대공황 시기 미국의 범죄소설, 즉 '하드보일드 범죄소설'은 기존의 범죄소설과는 전혀 다른 새로운 모습을 보여주고 있다. 하드보일드 범죄소설은 비정하고 거친 세계를 비정한 방식으로 그려낸다는 점에서 자본주의에 대한 우울한 재현으로 간주되어왔다. 대공황이라는 거칠고, 가혹한 현실을 어떤 감상적인 최면효과 없이 있는 그대로 묘사한다는 점에서, 하드보일드 소설은 사실주의적인 장르로 간주되고 있다. 기존의 범죄소설이 '베네치아산 화병에 꽂혀있는 꽃'에 비유되는 것처럼 살인이라는 잔인한 사건을 즐거움의 수단으로 사용하고 있다면, 하드보일드 소설은 냉철하고 무감각한 사실주의적인 태도로 폭력적인 내용을 그려내면서 자본주의 사회의 어두운 면을 비판하는 수단으로 사용하고 있다.

II

해밋의 소설 『마른 남자』와 그것을 영화로 제작한 할리우드의 영화 『마른 남자』의 내용을 먼저 살펴볼 필요가 있다. 왕년에 유명한 탐정이었던 닉Nick은 탐정 일을 그만두고 아내 노라Nora와 함께 조용히 살고 있었는데, 옛날 탐정 시절 고객 중의 하나였던 와이넌트Wynant의 실종 사건을 의뢰하기 위해서 딸 도로씨Dorothy가 찾아온다. 그녀는 사라진 아버지를 찾아달라는 부탁을 하기 위해 닉을 찾아오는데, 이어서 아버지의 비서이자 정부인 줄리아 울프Julia Wolf가 그녀의 아파트에서 총상을 입고 죽은 채로 발견된다. 처음에는 샙 모렐리Shep Moreli라는 갱스터가 범인으로 몰리지만, 나중에는 행방이 묘연한 와이넌트가 살인자로 의심을 받게 된다. 와이넌트는 이 작품에서 살인 사건의 중심에 놓여있는 인물로, 닉은 그를 "키가 크고, 180센티미터가 넘어. 그리고 지금까지 본 사람 중에 가장 말랐을 걸. 지금 한 쉰 살 정도 되었을 거야"(Tall—over six feet—and one of the thinnest men I've ever seen. He must be about fifty now)(595)라고 묘사한다.[1] 작품의 제목인 'The Thin Man'은 와이넌트를 지칭하는 말로 그의 메마른 신체적 특징이 추리 과정에서 중요한 해결책이면서, 동시에 혼선의 원인이 된다.

줄리아 울프의 살인 사건과 와이넌트의 실종 후에 와이넌트의 전부인인 미미가 방문하게 되고, 지방 신문은 그의 사건 개입을 보도한다. 이에 자극받아 용의자인 샙 모렐리는 총을 들고 그를 찾아오고 실랑이 끝에 총을 발사하고, 주인공 닉은 부상을 입는다. 이제 그는 사건에 개입하게 되고 여러 명의 용의자가 나타나는데, 이 중에서 샙 모렐리와 요르겐슨, 그리고 와이넌트 세 사람이 살인사건의 용의자로 몰리게 된다. 샙 모렐리는 줄리아 울프의 정부로서, 갱단의 일원이어서 유력한 용의자가 된다. 또 미미의 새 남편인 요르겐슨은 옛날에 와이넌트의 조수로서 자신의 연구 결과를 와이넌트가 독점한 결과 둘 사이에 분쟁이 발생하고, 요르겐슨은 복수를 맹세한다. 나중에 그는 이름과 얼굴을 바꾸고 미미에게 접근해 결혼하게 된다. 요르겐슨 역시 복수심에 가득 차 살인을 꾸몄다고 의심을 받게 된다. 하지만 가장 의심스러운 인물은 와이넌트이다. 그는 정부인 줄리아 울프가 다른 남자를 만난다는 사실을 알고는 질투심에 사로잡혀 그녀를 살해했을 것으로 추정된다. 또 그의 공장 작업실에서 살이 찐 남자의 시신이 발견되는데, 시신이 입고 있는 옷을 보아 이 남자는 "꽤 덩치가 크고, 골격도 크고, 배도 많이 나온" 인물로 추정된다. 와이넌트는 살인 사건이 일어나기 조금 전부터 줄곧 종적을 감추고 주로 그의 변호사 맥컬리에게 연락을 하고, 직접 모습을 드러내지는 않는다. 와이넌트는 뚱뚱한 인물로 추정되는 피해자를 살해한 후 종적을 감춘 것으로 추정되며, 그는 변호사 맥컬리를 통해서만 연락을 취하면서, 맥컬리로부터 도피 생활에 필요한 돈을 건네받는다.

모든 정황들이 와이넌트가 범인이라고 가리키는 상황에서 주인공 닉은 살해된 인물이 와이넌트일 것이라고 결론을 내린다. 경찰과 많은 사람들의 추측에서 한 가지 중요한 오류는 와이넌트의 작업실에서 살해된 남자의 의류를 보고 그가 덩치가 크고, 골격도 크고, 배도 많이 나온 인물로 추측한 것이다. 시체가 부패해서 형체를 알아볼 수 없을 정도이기 때문에 뚱뚱한 사람의 옷을 입혀놓으면 살해된 인물이 와이넌트라는 사실을 감쪽같이 숨길 수 있다고 살인범은 생각했다. 닉은 살인범의 마음속을 꿰뚫어봄으로써 범인이 와이넌트의 변호사인 맥컬리임을 밝혀낸다. 맥컬리는 와이넌트의 비서인 줄리아 울프와 와이넌트의 돈을 빼돌리고 있었는데,

와이넌트에게 발각되면서 맥컬리는 와이넌트를 죽인다. 사건이 커져버린 것에 줄리아 울프는 겁을 먹었고, 맥컬리는 줄리아 울프가 마음이 약해져 모든 것을 폭로할까봐 그녀를 살해한다. 우연히 줄리아의 집 근처에서 이를 목격한 건달 넌하임이 맥컬리를 협박하러 오자 맥컬리는 넌하임 역시 살해한다. 이러한 닉의 설명에 대해 그의 부인 노라는 논리적 엄밀성이 부족한 것 같다고 불만을 나타내지만, 닉은 현실에서 일어나는 살인은 논리적으로 엄밀하게 짜여 있는 것이 아니라고 말하면서 작품은 끝을 맺는다.

III

해밋의 소설 『마른 남자』의 영화화는 성공적이었고, 상당히 많은 대중적 호응을 이끌어냈다. 우리는 이런 호응성과 대중성을 확보한 이유를 원작 소설과 그 영화의 서사 구조 속에서 찾아 볼 수 있다. 1934년에 남녀 주인공, 닉과 노라 역에 윌리엄 파웰William Powell과 미르나 로이Myrna Loy를 내세운 영화는 상당한 성공을 거두었고, 이후에 네 편의 후속 작품이 만들어졌다. 『또 다른 마른 남자』(*Another Thin Man*, 1939), 『마른 남자의 그림자』(*Shadow of the Thin Man*, 1941), 『마른 남자 집으로 가다』(*The Thin Man Goes Home*, 1945), 『마른 남자의 노래』(*Song of the Thin Man*, 1947) 등 네 편의 후속 작품은 당시에 많은 인기를 끌었다. 저명한 영화 비평가인 로저 이버트Roger Ebert는 자신이 뽑은 위대한 영화 목록에 1934년 작품인 『마른 남자』를 집어넣었다고 한다(http://en.wikipedia.org/wiki/The_Thin_Man_(film)).

처음 이 소설 작품이 영화화되었을 때, 많은 사람들은 마른 남자를 주인공 닉으로 이해했다. 실제로 영화에서는 마른 모습의 주인공 닉을 윌리엄 파웰이 담당해서 이후 시리즈의 주인공으로 만들었다.

이 영화는 몇몇 부분을 제외하고는 해밋의 원작 소설 『마른 남자』를 충실하게 재현해내고 있다. 이 소설과 영화는 이전 탐정소설의 주인공과는 차별화된 모습을 보인다. 일반적으로 살인사건이 일어나면 탐정은 사건에 깊은 관심을 보인다. 전통적으로 탐정은 사건의 추이에 관심을 보이면서 작은 단서도 놓치지 않으려는 치밀함을 보인다. 뒤팡이나 셜록 홈즈가 대표적 예이다. 하지만 이 작품의 주인공인 닉은 아내의 재산 관리에 바쁘다는 핑계로 이 사건에 끼어들고 싶어 하지 않는다. 그는 "이 일에 끼어드는 게 아니라니까. 찰스 성씨들은 찰스 가문의 일에, 와이넌트 성씨들은 와이넌트 가문의 일에나 신경을 쓰게 해"(599)라고 말한다. 전통적인 추리 소설에서 주인공은 아무도 관심이 없고 경찰도 문제를 삼지 않던 사건을 문제화하면서 해결책을 마련하지만, 이 작품은 이러한 예리한 문제의식을 갖는 치밀한 탐정이 나오지 않는다. 닉이 사건에 휘말리게 되는 것은 전적으로 그의 의지와는 관련 없는 외적인 상황의 전개 때문이다.

주인공이 사건에 말려드는 과정은 전형적인 탐정 이야기의 경우와는 다른 형태로 제시된다. 처음에 사라진 아버지를 찾기 위해서 찾아온 도로씨와는 알고 있는 사이이다. 닉은 도로씨가 어린 시절 와이넌트와 그의 전처인 미미와 의뢰인 관계였으며, 도로씨는 닉의 기억 속에 귀여운 꼬마 아가씨로 기억되어 있다. 줄리아 울프의 살인 사건과 와이넌트의 실종으로 인해 사건은 그의 주변에서 벌어지게 되며, 미미의 방문은 원하지 않는 사건에 휘말리는 상황에 이르게 된다.

또 다른 주변 상황도 그를 사건으로 이끌어 간다. 사건에 개입하지 않겠다는 자신의 선언에도 불구하고 지역 신문은 "트랜스 아메리칸 탐정

회사의 전 스타 닉 찰스, 줄리아 울프 살인사건을 해결하러 오다"라는 기사를 퍼뜨리고, 용의자로 의심받는 갱단의 일원인 샙 모렐리는 자신이 줄리아를 죽이지 않았다는 사실을 항변하기 위해서 닉을 찾아오고, 이 과정에서 모렐리는 닉에게 권총을 발사하여 부상을 입힌다. 이 사건이 있은 후 닉은 "난 이런 사람들하고 엮이고 싶지 않았다고—물론 지금도 그렇고—하지만 내게 무슨 일이 벌어졌는지 봐. 이제는 그냥 빠져 나올 수 없게 되었어. 알아봐야만 해"(612)라고 말하면서 자신이 어쩔 수 없이 사건에 개입했음을 말한다. 이때에 맞추어 줄리아 울프의 살인 사건을 해결해 달라고 부탁하는 내용의 편지가 와이넌트로부터 온다. 이제 닉은 조용한 삶으로 도피하고 싶은 그의 소망과는 달리 사건의 중심에 뛰어든다.

이 작품은 대실 해밋의 다른 작품들, 즉 『붉은 수확』이나 『말타의 매』와는 달리 '어두운 분위기를 가볍게 다룬 탐정 코미디'(light-hearted detective comedy of dark manners)라고 게일은 말하고 있다(248). 그의 대부분의 작품들이 자본주의 사회의 물질주의적인 탐욕이 가져오는 잔인함과 파괴성을 어두운 톤으로 그리고 있지만, 이 작품은 그의 비관주의적인 생각을 그대로 드러내지 않고 있다. 오히려 탐욕에 가득 찬 인간들의 모습보다는 닉과 노라 부부의 유머러스하고 사랑스러운 모습이 작품 내내 강조되고 있다. 이러한 모습 때문에 이 작품은 당시에 많은 미국인들의 사랑을 받았고, 할리우드 영화의 시리즈로 만들어져 많은 인기를 끌었다. 할리우드가 선호하는 이야기는 자본주의의 이윤 시스템의 영향 속에 있기 때문에, 체제에 대한 긍정과 질서의 회복과 같은 낙관주의적인 모습을 견고하게 간직하고 있다.

이 소설은 1930년대(대공황기)라는 암울한 시대의 문제점들을 보여주면서도 낙관주의적인 톤을 포기하지 않는다. 소설 『마른 남자』는 물질만

능주의와 탐욕에 사로잡힌 자본주의적 인간 군상들과 인간 사이의 신뢰의 붕괴를 다룬 『말타의 매』와 같이 절망적인 세계를 다루지는 않는다. 해밋은 자본주의 사회에 대해 매우 비판적이었을 뿐만 아니라 미국 공산당에 가입하여 활동하다가 감옥에 가게 된다. 자본주의의 미래에 대해 그는 희망이 없다고 판단하면서, 이러한 우울한 비전을 작품을 통해서 그려내고 있다. 하지만 이 작품은 주제적인 측면에서 자본주의 사회가 가져 온 탐욕의 문제를 다루기는 하지만, 비관주의적인 어조로 다루지 않았기 때문에 할리우드의 환영을 받을 수 있었다.

해밋의 소설과 그 영화에서 가장 중심적인 키워드는 탐욕으로 인한 살인이다. 돈에 대한 탐욕에 빠진 사람들은 해밋에게 자본주의 사회 인간들의 전형적 모습이었다. 닉과 노라, 젊은 도로씨와 길버트를 제외하고 대부분의 인물들은 돈에 지배를 당하고 있다. 특히 맥컬리, 미미, 줄리아 울프, 요르겐슨의 모습은 이러한 점을 적나라하게 보여준다. 맥컬리는 와이넌트의 변호사로서, 이 소설에서 와이넌트를 죽이고 모든 일을 꾸민 핵심적인 인물이다. 그는 와이넌트의 비서이자 정부인 줄리아 울프와 짜고, 와이넌트의 돈을 빼돌리고 장부를 조작하다가 발각이 되자, 와이넌트를 살해한다. 그는 두려움에 사로잡힌 줄리아 역시 비밀을 유지하기 위해서 살해하고, 이 광경을 목격하고 돈을 뜯으러 온 넌하임 역시 살해한다. 미미는 젊은 시절에 닉과 관련이 있는 인물로 작품 속에 명시적으로 드러나 있지는 않지만, 둘 사이에 뭔가 미묘한 관계가 있었을 것으로 추정된다. 그녀는 살해된 와이넌트의 전처로서, 이혼 후 돈이 궁해지자 와이넌트에게 도움을 받고자 하지만, 와이넌트의 행방이 묘연해지자 닉을 찾아온다. 그녀에게 돈은 그녀의 화려한 삶을 유지시켜주는 도구이다. 줄리아 울프는 와이넌트의 비서이면서, 동시에 그의 정부이다. 그녀는 이전에 공갈 협박 혐의로 감옥에서 복역했었으며, 그때의 이름은 로다 스튜어트였다. 요르겐슨은 원래 와이넌트의 조수였는데, 와이넌트와 불화를 일으키고 사라졌다가, 나중에 요르겐슨으로 얼굴과 이름을 고친 후 미미와 결혼한다. 그는 미미의 돈을 노리고 결혼한 후, 흥청망청한 삶을 살아간다. 살인 장면을 목격한 넌하임 역시 돈을 바라고 맥컬리를 위협하다가 죽음을 당한다. 이 소설에서 주인공 부부를 제외한 대부분의 인물들은 돈에 대한 탐욕에 사로잡혀 있다. 1930년대 하드보일드 탐정소설의 주제는 돈과 탐욕에 관한 것이었다. 대공황기의 고난은 삶의 중심에 돈이 존재하고 있으며, 돈이야말로 모든 욕망의 근원이자 불행의 씨앗이라는 것을 잘 보여준다.

초기의 탐정 이야기가 치밀하게 계획된 범죄자의 살인을 깔끔하게 추리해내는 놀라운 추리력의 탐정을 등장시키는 반면에, 이 작품에서 탐정은 살인을 깔끔하게 해결하는 모습을 보여주지는 못한다. 다음은 사건을 설명하는 닉의 해설인데, 모든 것을 깔끔하게 정리하고 있지는 않다.

> "어쩌면, 어쩌면 그 아이디어를 향해가는 길목에서 우연히 나온 것일 수도 있고. 자, 당신 그러면 이제 우리가 가지고 있는 증거에 만족해?"
> "그래요. 어떤 면에서는 충분한 것 같긴 한데. 그래도 여전히 깔끔하게 떨어지진 못하네요."
> "그를 전기의자에 앉힐 정도는 되지. 그게 무엇보다도 중요하고 그 정도면 거의 모든 각도에서 맞아 떨어지고, 그것보다도 더 잘 들어맞는 가설을 생각해낼 수가 없을 걸? (…)"
> "당신 좋으실 대로 하세요. 하지만 난 수사관이라면 언제나 아무리 사소한 조각이라도 다 맞춰질 때까지 기다리는 줄..."
> "그러고선 '아니, 놈이 언제 범인 인도 조약이 맺어져있지 않은 먼 나

라로 도망을 간 거지?' 하고 손가락이나 빨고 있으란 말이야?" (…)
"그럴지도 모르죠. 음, 모든 게 다 불만족스러워요. 조금만 더 흥미로우면 얼마나 좋을까"
노라가 투덜거렸다. (726)

노라는 닉의 모호한 설명에 대해 계속 불만을 나타낸다. 닉은 'maybe'라는 단어를 사용하면서 사건을 설명하는데, 노라는 닉의 이러한 모호함이 불만이다. 모호함 없이 깔끔하게 설명된 이야기는 탐정소설에서 중요한 원칙 중의 하나이지만, 실제 현실에서는 볼 수 없는 비현실적인 요소이다. 이러한 비현실성이 사실은 독자에게 쾌감을 주는 것이며, 우리가 탐정소설을 읽는 이유이다. 도로시 세이어스Dorothy Sayers라는 추리작가는 추리소설이라는 장르가 현실을 묘사하거나 이해하는 대신에 현실로부터 도피하기를 원하며, 이 과정에서 쾌락을 얻기 때문에 독자들이 읽는다고 말한다(우트만 123, 127).

하드보일드 소설의 또 다른 특징 중의 하나는 이전의 범죄소설에 비해 여성의 역할이 중요해졌다는 것이다. 추리소설의 초창기에서 여성은 대개 피해자였다. 가끔 범인인 경우도 있었지만, 작가들은 여성의 역할에 큰 관심을 보이지 않았다. 브라운 신부는 직업상의 이유 때문에 여자를 멀리했으며, 뒤팽이나 홈즈는 여자에게 관심이 없는 독신주의자들이었다(우트만 109). 하지만 1차 대전이 끝난 후 여성들의 권리는 급격히 신장되었고, 여성의 사회진출은 신여성의 등장을 불러왔다. 신여성들은 눈에 띄는 외모를 통해 남성들의 질서에 도전하는데, 사람들은 이들을 '플래퍼'flapper라고 불렀다. 짧은 머리와 남자 같은 복장, 그리고 입술에서 달랑거리는 담배는 성적 구분을 지워버리는 듯 했는데, 이들은 소년처럼 보이는 스타일을 통해서 전통적으로 규정되어 온 자신들의 성적인 특성을 파괴하였고, 그 결과 남성의 성적 특성 역시 파괴하였다(모스 255). 1920년대가 이러한 신여성들이 현실적으로 등장한 시대라면, 이들의 영화화나 소설화는 1930년대에 본격적으로 등장한다. 1930년대에 유행한 갱스터 영화나 하드보일드 소설은 이러한 여성들의 등장을 우려 섞인 눈으로 작품 속에 제시해준다.

하지만 이 소설은 노라라는 신여성을 범죄에 얽혀있는 팜므파탈적인 여성들과 달리 용기 있고 사랑스러운 모습으로 그려냈다. 그녀는 해밋의 연인이었던 릴리안 헬만Lillian Hellman을 모델로 만들어졌다고 하는데, 당시에 헬만은 플래퍼적인 모습을 갖는 신여성의 대명사였으며, 페미니즘의 선구자로 간주되었다. 갱스터인 모렐리가 권총으로 닉과 노라를 위협하자 닉은 노라의 안전을 우려해서 노라를 먼저 기절시킨 후, 모렐리와 다툼을 벌이고 이 과정에서 부상을 입는다. 노라가 의식을 회복하자, 그녀는 닉이 자신을 기절시켜 재미있는 장면을 보지 못한 것을 아쉬워하며 닉을 나무란다. 1930년대의 갱스터 영화를 비롯한 할리우드 영화에서 당시의 여성들은 갱스터가 총을 갖고 위협하는 상황에서 비명을 지르면서 난리를 피우는 모습으로 그려져 있다. 하지만 노라는 사건의 전개에 관심을 보이면서, 자신을 기절시켜 이러한 재미있는 광경을 보지 못한 것에 대해 닉에게 불평을 한다. 이러한 노라에 대해 한 경찰은 "세상에 여기 가슴에 털 난 여자분이 한 명 있군요"라는 말로 노라의 당찬 모습을 칭찬한다. 노라는 당시에 유명했던 플래퍼의 이미지로 그려져 있는데, 그녀는 단발머리를 하고 있으며 담배를 자주 피우고 강한 여성의 이미지를 보여주고 있다. 그녀의 모습은 줄리아 울프나 미미와 같이 매력적이지만 탐욕스러운 여성들과는 달리, 사랑스럽게 제시되어 있다는 점에서 느와르 영화의 여성재현과는 다르다. 해밋이나 챈들러의 하드보일드 소설이 1950년대의 느와르 영화로 만들어질 때 강조된 것은, 강인한 여성들을 사악하고 탐욕스러운 요부의 이미지로 재현했다는 것이다. 1950년대의 보수주의 시대는 1920년대 이후부터 대공황기의 여성들이 보여준 새로운 모습들을 남녀 사이의 성적 질서를 파괴하는 것으로 인식했고, 이러한 불안감을 팜므파탈의 위협 형태로 재현해냈다. 이 작품에서도 미미나 줄리아만이 나왔다면, 여성의 이미지는 부정적이었을 것이다. 하지만 노라의 존재는 비열한 거리로 상징되는 어둡고 암울한 도시 풍경에 사랑스러움을 부과해준다. 이러한 사랑스러움이 미국의 독자들과 관객들에게 많은 사랑을 받았고, 할리우드에서 시리즈로 제작되는 행운을 얻게 되었다.

이 영화의 할리우드적인 측면이 가장 잘 부각되는 점은 작품의 종결 부분이다. 영화의 종결 부분은 전형적인 탐정소설의 공식에서 벗어나 있지 않으며, 해밋의 원작 소설 『마른 남자』가 갖는 불만의 요소를 할리우드 영화는 전통적인 방식으로 재구성하고 있다. 이 영화의 마지막 장면은 식사 장면으로 구성되어 있으며, 이 식사 장면에서 모든 용의자들이 한 자리에 모인다. 모든 사람들이 한 자리에 모인 후 닉은 변호사 맥컬리가 범인임을 밝혀내고 모든 것은 해결된다. 전통적으로 탐정이 사건을 해결할 때 마지막 장면은 탐정이 용의자들을 모두 한 자리에 모아놓고, 자신의 추리내용을 설명하면서 범인을 밝혀내는 방식을 사용한다. 이러한 구성은 마지막에 모든 것을 해결하는 모습을 강조하는 방식으로써, 독자(또는 관객)들에게 문제가 해결되는 것을 눈앞에서 보여주는 즐거움을 선사해 준다.

영화 『마른 남자』의 마지막 장면은 이러한 방식으로 구성되어 있는데, 해밋의 원작 소설에서는 용의자들이 한 자리에 모이는 장면이 없다. 해밋의 소설의 경우는 사건이 해결된다는 점에서는 동일하지만, 깔끔하게 설명되지 못한 요소들을 강조하고 있는데, 이에 반해 영화는 완전히 해결되는 모습을 강조한다. 이는 할리우드의 영화가 기본적으로 질서의 붕괴와 해결을 강조하는 고전주의 서사를 근본으로 하고 있기 때문이다.

영화 『마른 남자』는 하드보일드 소설이 갖는 비판적이고 분열적인 요소들을 봉쇄하고 있다. 이는 문제를 해결하면서 관객들에게 행복한 감정을 갖고 영화관을 나오게 만드는 전형적인 할리우드 영화의 서술방식에 기인한다. 이러한 할리우드의 재현방식은 1950년대 느와르 영화의 등장 이전까지는 유지되었고, 소설의 편안한 할리우드적 재현은 전후에 어두운 톤의 느와르 영화의 등장과 함께 점차 희미해져 간다.

IV

최근 들어 한국에서 싸이코패쓰 범죄자를 다룬 이야기가 유행하고 있다. 〈양들의 침묵〉이나 〈레드 드라곤〉 같은 할리우드 영화들이나 〈CSI 과학수사대〉 같은 수사물에서 싸이코패쓰는 중요한 역할을 한다. 이러한 경향이 최근 한국에서도 크게 유행하고 있는데, 〈갑동이〉 같은 싸이코패쓰물이 인기를 끌었고, 로맨틱 드라마인 〈별에서 온 그대〉에서도 악인으로 싸이코패쓰가 등장한다. 싸이코패쓰물과 전혀 관련이 없는 〈식사를 합시다 I〉, 〈식사를 합시다 II〉 같은 음식 드라마에서도 싸이코패쓰가 등장하지는 않지만, 싸이코패쓰적인 분위기를 차용한다.

이러한 경향은 예술 양식이 그 시대의 삶을 반영한다는 사실을 입증한다. 탐정소설의 등장 초기에는 과학적 정신이 예찬되는 시기였다. 이 시기에는 법적 질서와 범죄에 대한 과학적 설명이 요구되어졌고, 이러한 시대적 관심사는 과학적이고 논리적인 추리력을 과시하는 셜록 홈즈나 뒤팽 같은 탐정의 등장을 불러 일으켰다. 1970년대 후반부에 이르러 현대 사회의 복잡한 사회 구조는 개인과 유리되어 존재하게 되고, 이러한 사회로부터 고립된 개인들은 사회에 적응하지 못하고, 사회가 주는 스트레스에 갇힌 채 싸이코패스적인 인물들의 등장을 가져왔다. 토마스 해리스의 〈양들의 침묵〉이 대표적인 예인데, 카수토는 렉터와 같은 연쇄살인마의 특징을 "타인과의 공감 부재, 동료의식의 결핍"이라고 말한다(Casuto 252). 최근에 한국에서도 선풍적인 인기를 끌었던 TV 드라마 〈별에서 온 그대〉의 악당이나 〈갑동이〉의 악당은 고립되고 파편화된 사회가 낳은 범죄자의 유형들이다.

특정한 시대가 특정한 범죄자를 만들어내듯이, 범죄소설의 관심사 역시 특정한 시대가 만들어낸다. 미국식 범죄소설의 본격적 등장을 알린 1930년대 하드보일드 소설은 대공황의 거친 환경 속에서 자본주의 사회의 모순과 그 속에서 돈에 대한 탐욕스러운 욕망을 보여주는 인간 군상들의 모습을 형상화시켰다. 전통적으로 희생자였던 여성들도 돈에 대한 탐욕 때문에 범죄에 물들게 되고, 이러한 모습들은 팜므파탈의 모습으로 재현되어졌다. 이러한 경향은 1950년대에 이르면 느와르 영화의 형태로 변형되어 모든 악의 근원이 여성인 것처럼 확대 해석된다.

모든 것이 돈에 지배당하는 사회, 그리고 돈을 통해서 자신의 욕망을 이루려는 탐욕스러운 인간들의 모습은 도시의 풍경을 '비열한 거리'로 만들었다. 그것은 해밋에게는 『붉은 수확』의 포이즌빌Poisonville이라는 가공의 도시를 통해 제시된다. 대공황기에 탄생한 미국 만화 〈배트맨〉이 이러한 비열한 거리를 소돔과 고모라라는 타락한 두 도시를 모델로 한 고담Gotham 시를 만들어낸 것처럼, 해밋과 챈들러와 같은 하드보일드 작가들은 살인과 욕정, 탐욕과 속임수로 얼룩진 비열한 거리를 만들어냈다.

그런데 할리우드 영화는 이러한 비열한 거리를 자신들의 봉쇄적 구성으로 다루기를 좋아한다. 작품이 너무 어두우면 관객의 외면을 받기 때문에, 작품은 외형적으로 악인의 파멸과 정의의 회복이라는 서사구조를 보여주려고 한다. 1950년대의 느와르 영화는 이러한 공식으로부터 벗어나 있지만, 해밋의 소설 『마른 남자』가 지닌 어두운 면이 이를 원작으로 한 할리우드 영화에서는 밝게 처리되어 있다. 할리우드는 해밋의 이야기에 네 편의 후속 작품을 덧붙이면서, 영화 관객들에게 자본주의 체제의 부정적인 면에 대한 비판적 정신보다는 영화적 즐거움을 주는 선택을 하였다.

그러나 이렇게 톤이 바뀌었다고 해서 해밋의 소설 『마른 남자』에 비해 그 할리우드의 영화각색이 격이 떨어지는 것은 아니다. 영화 제작자는 엄연히 독립된 예술창작자이기 때문에 해밋의 소설 속의 모든 것을 곧이곧대로 영화적 이미지로 구현할 필요성이 없다. 따라서 문학과 문학비평이 동등한 것이며, 원작 소설과 그 영화 각색과의 관계는 상호 동등한 이웃이자 협력자 관계라는 로랑 바르뜨Roland Barthes의 말처럼 할리우드의 영화 『마른 남자』는 해밋의 하드보일드 소설 『마른 남자』에 대한 할리우드식 '비평적' 읽기의 한 형식이 되는 셈이다.

Note

1) Dashiell Hammett, 1965. *The Novels of Dashiell Hammett*, Alfred · A · Knopf. 앞으로 이 책의 인용은 페이지만 표시하겠음.

인용문헌 ●●●

1장 :

Andrew, J. Dudley. *Concepts in Film*. Oxford: Oxford UP, 1984.

Barthes, Roland. *Image-Music-Text*. Ed. and trans. Stephen Heath. New York: Hill and Wang, 1997.

Bergstrom, Janet. "Alternation, Segmentation, Hypnosis: Interview with Raymond Bellour." *Camera Obscura* 3-4, 1979.

Bluestone, George. *Novels into Film*. Berkeley: U of California P, 1957.

Cohen, Keith. *Film and Fiction*: The Dynamics of Exchange. New Haven: Yale UP, 1979.

Costanzo, William. "Polanski in Wessex: Filming Tess of the D'Urbervilles." *Literature/Film Quarterly* 9.2, 1981.

Eisenstein, Sergei. *Film Form*. Ed. and trans. Jay Leyda. New York: Harcourt, Brace, and World, 1949.

Elliott, Kamilla. *Rethinking the Novel/Film Debate*. Cambridge: Cambridge UP, 2003.

Fierz, Charles L. "Polanski Misses: A Critical Essay Concerning Polanski's Reading of Hardy's Tess." *Literature/Film Quarterly* 27.2, 1999.

Foucault, Michel. *This Is Not a Pipe.* Trans. James Harkness. Berkeley: U of California P, 1981.

Hardy, Thomas. *Jude the Obscure*. Ed. Norman Page. New York: Norton, 1999.

_____. *Tess of the d'Urbervilles*. Ed. Scott Elledge. New York: Norton, 1965.

Harris, Margaret. "Thomas Hardy's *Tess of the d'Urbervilles*: Faithfully Presented by Roman Polanski?" *Sydney Studies in English* 7, 1981-82.

Ingham, Patricia. *Thomas Hardy*. London: Oxford UP, 2003.

Mcfarlane, Brian. *Novel to Film: An Introduction to the Theory of Adaptation*. Oxford: Clarendon Press, 1996.

Niemeyer, Paul J. *Seeing Hardy: Film and Television Adaptation of the Fiction of Thomas Hardy*. Jefferson, N.C.: McFarland, 2003.

Peter, Widdowson. *On Thomas Hardy: Late Essays and Earlier*. Basingstoke: Macmillan, 1998.

Stam, Robert. "Introduction: The Theory and Practice of Adaptaion." *Literature and Film*. Oxford: Blackwell, 2003. 1-52.

Veidemanis, Gladys V. "*Tess of the D'Urbervilles:* What the Film Left Out." *English Journal* 77.7 (1988): 56.

Waldman, Nell Kozak. "'All That She is': Hardy's Tess and Polanski's." *Queen's Quarterly* 88.3, 1981.

Widdowson, Peter. *On Thomas Hardy: Late Essays and Earlier*. London: Macmillan Press LTD, 1998.

American Film, Oct, 1979. 64.

2장:

Barthes, Roland. *Image-Music-Text*. Ed. and trans. Stephen Heath. New York: Hill and Wang, 1997.

Bluestone, George. *Novels into Film*. Berkeley: U of California P, 1957.

Cohen, Keith. *Film and Fiction: The Dynamics of Exchange*. New Haven: Yale UP, 1979.

Guerard, Albert J. *Thomas Hardy*. London: New Direction, 1964.

Hardy, Thomas. *Jude the Obscure*. Ed. Norman Page. London: Norton, 1999.

_____. *The Life and Work of Thomas Hardy*. Ed. Michael Millgate. Athens: U of Georgia P, 1985.

Ingham, Patricia. *Thomas Hardy*. London: Oxford UP, 2003.

Jude (1996). PolyGram videocassette.

Landy, Marcia. "The Sexuality of History in Contemporary British Cinema." *Film Criticism* 20.1-2 (1994-95): 82.

McFarlane, Brian. *Novel to Film: An Introduction to the Theory of Adaptation*. Oxford: Clarendon, 1996.

Marjore Garson. *Hardy's Fables of Integrity: Woman, Body, Text*. Oxford: Clarendon, 1991.

Mitchell, Judith. "All Fall Down: Hardy's Heroes on the 1990s Cinema Screen." *Thomas Hardy on Screen*. Ed. T. R. Wright. Cambridge: Cambridge UP, 2005. 76-95.

Morgan, Rosemarie. *Woman and Sexuality in the Novels of Thomas Hardy*. London: Routledge, 1988.

Niemeyer, Paul J. *Seeing Hardy: Film and Television Adaptations of the*

Fiction of Thomas Hardy. Jefferson, N.C.: McFarland, 2003.

Orr, Christopher. "The Discourse on Adaptation." *Wide Angle* 6.3 (1984): 72-76.

Purdy, Richard Little, and Millgate, Michael, eds. *The Collected Letters of Thomas Hardy*. 7 vols. Oxford: Clarendon, 1984.

Widdowson, Peter. *On Thomas Hardy: Late Essays And Earlier*. London: Macmillan, 1998.

Wilmington, Michael. "Tragic 'Jude' Remains True to Hardy's Novel." *Chicago Tribune* 1 (1996): 7.

3장 :

Beach, Joseph Warren. *The Technique of Thomas Hardy*. Chicago: U of Chicago P, 1992.

Berger, Sheila. *Thomas Hardy and Visual Structure: Framing, Disruption, Process*. New York: New York UP, 1990.

Bluestone, George. *Novels into Film*. Berkeley: U of California P, 1957.

Cecil, David. *Hardy the Novelist: An Essay in Criticism*. New York: Bobbs-Merrill, 1946.

Cohen, Keith. *Film and Fiction: The Dynamics of Exchange*. New Have: Yale UP, 1979.

Eagleton, Terry. *Flesh and Spirit in Thomas Hardy and Contemporary Literary Studies*. Basingstoke: Palgrave Macmillan, 2004.

Eisenstein, Sergei. *Film Form*. Ed and trans. Jay Leyda. New York: Harcourt, Brace, and World, 1949.

Grundy, Joan. *Hardy and the Sister Arts*. New York: Harper and Row, 1979.

Hardy, Florence Emily. *The Life of Thomas Hardy 1840-1928*. London:

Macmillan, 1962.

Hardy, Thomas. *The Life and Work of Thomas Hardy*, ed. Michael Millgate. Athens: U of Georgia P, 1985.

_____. *Woodlanders*. Ed. Dale Kramer. Oxford: Clarendon Press, 1981.

_____. *Tess of the d'Urvervilles*. Ed. Scott Elledge. New York: Norton, 1965.

_____. *Jude the Obscure*. Ed. Norman Page. New York: Norton, 1999.

_____. *The Return of the Native*. Ed. James Gindin. New York: Norton, 1999.

_____. *Far from the Madding Crowd*. London: Macmillan, 1962.

_____. *The Mayor of Casterbridge*. Introduction by Ian Gregor. London: Macmillan, 1974.

Lodge, David. "Thomas Hardy as a Cinematic Novelist." *Thomas Hardy After Fifty Years*. Ed. Lance St. John Butler. London and Basingstoke: Macmillan, 1977. 78-89.

McFarland, Brian. *Novel to Film: An Introduction to the Theory of Adaptation*. Oxford: Clarendon Press, 1996.

Miller, J. Hillis. *Thomas Hardy: Distance and Desire*. Cambridge: Harvard UP, 1970.

Niemeyer, Paul J. *Seeing Hardy: Film and Television Adaptation of the Fiction of Thomas Hardy*. Jefferson, N.C.: McFarland, 2003.

Peter, Widdowson. *On Thomas Hardy: Late Essays and Earlier*. Basingstoke: Macmillan, 1998.

Purdy, Richard Little, and Millgate, Michael, eds. *The Collected Letters of Thomas Hardy: 7 vols*. Oxford: Clarendon Press, 1984.

Sinyard, Neil. *Filming Literature: The Art of Screen Adaptation*. Beckenham:

Croom Helm, 1986.
Wain, John. *The Dynasts*. London: Macmillan, 1965.

4장:

곽승엽. 「두 주인공들의 욕망의 한계: 「시스터 캐리」의 캐리와 「아메리카의 비극」의 클라이드를 중심으로」. 『신영어영문학』 35 (2006): 1-24.
김봉석. 『하드보일드는 나의 힘』. 고양: 예담, 2012.
김용언. 『범죄소설: 그 기원과 매혹』. 서울: 도서출판 강, 2012.
손태수. 「『미국의 비극』에 나타난 의상의 사회 문화적 코드와 계층문제」. 『영어영문학연구』 35.1 (2009): 91-107.
시먼스, 줄리안. 『블러디 머더』. 서울: 을유문화사, 2012.
우트만, 외르크 폰. 『킬러, 형사, 탐정클럽』. 김수은 옮김. 서울: 열대림, 2007.
이형식. 『영화의 이해』. 서울: 건국대, 2009.
챈들러, 레이먼드. 『심플 아트 어브 머더』. 최내현 옮김. 서울: 북스피어, 2011.
_____. 『나는 어떻게 글을 쓰게 되었나』. 서울: 북스피어, 2014.
Belton, John. *American Cinema/American Culture*. New York: McGraw-Hill, 1994.
Cain, James. M. *The Postman Always Rings Twice*. New York: Vintage Books, 1992.
Casuto, Leonardo. *Hard-Boiled Sentimentality*. New York: Columbia UP, 2009.
Dirks, Tim. http://www.filmsite.org/post.html1. 2014.
_____. http://www.filmsite.org/post.html3. 2014.
Garnett, Tay. *The Postman Always Rings Twice*. Metro-Goldwyn-Mayer, 1946.

Haskell, Molly. *From Reverence to Rape.* Chicago: The U of Chicago P, 1974.
Madden, David. *James M. Cain.* Pittsburg: Carnegie Mellon UP, 1987.
Marling, William. http://detnovel.com/Postman-novel.html. 2014.
Skenazy, Paul. *James M. Cain.* New York: The Continuum Publishing Company, 1989.

5장:

글래스너, 배리. 『공포의 문화』. 연진희 옮김. 서울: 부광, 2005.
라이언, 마이클 & 켈너, 더글라스. 『카메라 폴리티카』. 백문임 옮김. 서울: 시각과 언어, 1996.
박성래. 『부활하는 네오콘의 대부: 레오스트라우스』. 파주: 김영사, 2005.
샤츠, 토마스. 『할리우드 장르의 구조』. 한창호 옮김. 서울: 한나래, 1996.
슈뢰더, 니콜라우스. 『클라시커 50: 영화감독』. 남완석 옮김. 서울: 해냄, 2003.
이봉희. 『보수주의』. 서울: 민음사, 1996.
쟈네티, 루이. 『영화의 이해』. 김진해 옮김. 서울: 현암사, 2001.
제퍼드, 수잔. 『하드 바디』. 이형식 옮김. 서울: 동문선, 2002.
켈너, 더글라스. 『미디어 문화』. 김수정 옮김. 서울: 새물결, 2003.
Belton, John. *American Cinema/American Culture*. New York: McGraw-Hill, 1994.
Bly, Robert. *Iron John: A Book about Man*. New York: Vintage Books, 1990.
Cowie, Peter. *John Ford and The American West*. New York: Harry N. Abrams, 2004.
Easthope, Anthony. *What a Man's Gotta Do*. London: Routledge, 1990.
Ford, John. *The Searchers*. Warner Bros. Pictures. 1956.

Huntington, Samuel. *Who Are We?: The Challenges to America's National Identity*. New York: Simon & Schuster, 2004.

LeMay, Allan. *The Searchers*. New York: Harper & Brothers, 1954.

Lakoff, George. *Moral Politics: How Liberals and Conservatives Think*. Chicago: U of Chicago P, 2002.

Murdoch, David H. *The American West: The Invention of Myth*. Reno: U of Nevada, 2001.

O'Connor, John E & Rollins, Peter C. "Introduction: The West, Westerns, and American Character." *Hollywood West*. Kentucky: UP of Kentucky, 2005. 1-34.

Slotkin, Richard. *Regeneration Through Violence: The Mythology of the American Frontier, 1600-1860*. Middletown: Wesleyan UP, 1973.

Place, Janey A. *The Western Films of John Ford*. Toronto: The Citadel, 1974.

Stern, Jane. *Way Out West*. New York: Harper Collins, 1993.

Wright, Will. *Six Guns and Society*. Berkeley: U of California, 1975.

6장:

김용언.『범죄소설: 그 기원과 매혹』. 도서출판 강, 2012

모스, 조지 L.『남자의 이미지』. 문예출판사, 1996.

우트만, 외르크 폰.『킬러, 형사, 탐정클럽』. 열대림, 2007.

챈들러, 레이먼드.『심플 아트 어브 머더』. 북스피어, 2011.

Belton, John. *American Cinema/American Culture*. McGraw-Hill, 1994.

Casuto, Leonardo. *Hard-Boiled Sentimentality*. Columbia UP, 2009.

Hammett, Dashiell. *The Novels of Dashiell Hammett*. Alfred·A·Knopf, 1965.

_____. http://en.wikipedia.org/wiki/The_Thin_Man_(film)

| 지은이 |

윤천기는 서남대학교 영어학과 교수이다. 전북대학교 영어영문학과를 졸업했으며, 동 대학원에서 석사 학위와 박사 학위를 받았다. 미국 위스콘신대 교환연구원, 영국 케임브리지대 객원교수, 호주 서호주대 객원교수, 필리핀 라살대 객원교수, 그리고 서남대 언어교육원장을 역임하였으며, 현재 대한영어영문학회 회장직을 맡고 있다. 논문으로는 「"양탄자 무늬의 미학": 토마스 하디의 문학론」, 「전복과 광기의 담론: 『원더랜드에서의 앨리스의 모험』 읽기」 외에 여러 편이 있으며, 저서로는 *Welcome to English Grammar & Reading* (공저), *Welcome to English Speaking and Writing* (공저), 『앤 토익 Smart TOEIC』 (공저), 『토마스 하디 소설의 연구』, 『영미문학과 동양정신』 (공저), 그리고 『하디 문학 새롭게 읽기』 등이 있다.

강관수는 신경대학교 교양과 교수이다. 연세대학교 영어영문학과를 졸업하였으며, 동 대학원에서 석사 학위와 박사 학위를 받았다. 연세대학교, 서경대학교, 경주대학교, 대림대학교 시간강사와 서남대학교 영어영문학과 교수를 역임했으며, 현재 대한영어영문학회 부회장이다. 현대영미드라마를 전공했고, 연극과 영화에 관심을 갖고 있으며, 이에 대한 다수의 논문이 있다.

영미소설과 영화의 상호텍스트성 연구

초판 발행일 2015년 8월 20일

지은이 윤천기, 강관수
발행인 이성모
발행처 도서출판 동인
주 소 서울시 종로구 혜화로3길 5 118호
등 록 제1-1599호
TEL (02) 765-7145 / FAX: (02) 765-7165
E-mail dongin60@chol.com
ISBN 978-89-5506-666-1
정가 12,000원